Weihnachten

mit Goethe

»*Der Weihnachtsbaum*«
Kolorierter Holzstich nach Karl Girardet, um 1860.

Weihnachten mit Goethe

Aufbau-Verlag

Herausgegeben
von Jens Dittmar

ISBN 3-351-02906-3

2. Auflage 2002

Der Abdruck der Lithographie
erfolgt mit freundlicher Genehmigung
des Archivs für Kunst und Geschichte, Berlin
Druck und Binden Ebner & Spiegel, Ulm
Printed in Germany

www.aufbau-verlag.de

Inhalt

Christgeschenk

Mein süßes Liebchen! Hier in Schachtelwänden
Gar mannigfalt geformte Süßigkeiten.
Die Früchte sind es heil'ger Weihnachtszeiten,
Gebackne nur, den Kindern auszuspenden!

Dir möcht' ich dann mit süßem Redewenden
Poetisch Zuckerbrot zum Fest bereiten;
Allein was soll's mit solchen Eitelkeiten?
Weg den Versuch, mit Schmeichelei zu blenden!

Doch gibt es noch ein Süßes, das vom Innern
Zum Innern spricht, genießbar in der Ferne,
Das kann nur bis zu dir hinüberwehen.

Und fühlst du dann ein freundliches Erinnern,
Als blinkten froh dir wohlbekannte Sterne,
Wirst du die kleinste Gabe nicht verschmähen.

An Johann Christian Kestner

Frankfurt, 25. Dezember 1772

Cristtag früh. Es ist noch Nacht lieber Kestner, ich binn aufgestanden um bey Lichte Morgens wieder zu schreiben, das mir angenehme Erinnerungen voriger Zeiten zurückruft; ich habe mir Coffee machen lassen den Festtag zu ehren und will euch schreiben biss es Tag ist. Der Türner hat sein Lied schon geblasen ich wachte drüber auf. Gelobet seyst du Jesu Crist. Ich hab diese Zeit des Jahrs gar lieb, die Lieder die man singt; und die Kälte die eingefallen ist macht mich vollends vergnügt. Ich habe gestern einen herrlichen Tag gehabt, ich fürchtete für den heutigen, aber der ist auch gut begonnen und da ist mirs fürs enden nicht Angst. Gestern Nacht versprach ich schon meinen lieben zwey Schattengesichtern euch zu schreiben, sie schweben um mein Bett wie Engel Gottes. Ich hatte gleich bey meiner Ankunft Lottens Silhouette angesteckt, wie ich in

Darmstadt war stellen sie mein Bett herein und siehe Lottens Bild steht zu Häupten das freute mich sehr, Lenchen hat ietzt die andre Seite ich danck euch Kestner für das liebe Bild, es stimmt weit mehr mit dem überein was ihr mir von ihr schriebt als alles was ich immaginirt hatte; so ist es nichts mit uns die wir rathen phantasiren und weissagen. Der Türner hat sich wieder zu mir gekehrt, der Nordwind bringt mir seine Melodie, als blies er vor meinem Fenster. Gestern lieber Kestner war ich mit einigen guten Jungens auf dem Lande, unsre Lustbaarkeit war sehr laut, und Geschrey und Gelächter von Anfang zu Ende. Das taugt sonst nichts für die kommende Stunde, Doch was können die heiligen Götter nicht wenden wenns Ihnen beliebt, sie gaben mir einen frohen Abend, ich hatte keinen Wein getruncken, mein Aug war ganz unbefangen über die Natur. Ein schöner Abend, als wir zurückgingen es ward Nacht. Nun muss ich dir sagen das ist immer eine Sympatie für meine seele wenn die Sonne lang hinunter ist und die Nacht von Morgen herauf nach Nord und Süd umsich gegriffen hat, und nur noch ein dämmernder Kreis vom abend heraufleuchtet. Seht Kestner wo das Land flach ist ists das herrlichste Schauspiel, ich habe iünger und wärmer Stunden lang so ihr zu gesehn hinab dämmern auf meinen Wandrungen. Auf der Brücke hielt ich still. Die düstre Stadt zu beyden Seiten, der Stillleuchtende Horizont, der Widerschein im Fluss machte einen köstlichen Eindruck in meine Seele den ich mit beyden Armen umfasste. Ich lief zu den Gerocks lies mir Bleystifft geben und Papier, und zeichnete Zu meiner grossen Freude, das ganze Bild so dämmernd warm als es in meiner Seele stand. Sie hatten alle Freude mit mir darüber empfanden alles was ich gemacht hatte und da war ich s erst gewiss, ich bot ihnen an drum zu würfeln, sie schlugens aus und wollen ich solls Mercken schikken. Nun hängts hier an meiner Wand, und freut mich heute wie gestern. Wir hatten einen schönen Abend zusammen wie Leute denen das Glück ein Groses geschenck gemacht hat, und ich schlief ein den heiligen im Himmel danckend, dass sie uns Kinderfreude zum Crist bescheeren wollen. Als ich über den Marckt ging und die vielen Lichter und Spielsachen sah dacht ich an euch und meine Bubens wie ihr ihnen kommen würdet, diesen Augenblick ein Himlischer Bote mit dem blauen Evangelio, und wie aufgerollt sie das Buch erbauen werde. Hätt ich bey euch seyn können ich hätte wollen so ein Fest Wachsstöcke illuminiren, dass es in den kleinen Köpfen ein Wiederschein der Herrlichkeit des Himmels gegläntzt hätte. Die Tohrschliesser kommen vom Burgemeister, und rasseln mit Schlüsseln. Das erste Grau des Tags kommt mir über des Nachbaars Haus, und die Glocken läuten eine Cristliche Gemeinde zusammen. Wohl ich binn erbaut hier oben auf meiner Stube, die ich lang nicht so lieb hatte als ietzt. Sie ist mit den glücklichsten Bildern ausgeziert [die] mir freundlichen guten Morgen sagen. Sieben Köpfe nach Raphael, eingegeben vom lebendigen Geiste, einen davon hab ich nachgezeichnet und binn zufrieden mit ob gleich nicht so froh. Aber meine lieben Mädgen. Lotte ist auch da und Lenchen auch. Sagen Sie Lenchen ich wünschte so sehnlich zu kommen und ihr die Hände zu küssen als der Musier der so herzinnigliche Briefe schreibt. Das ist gar ein armseeliger Herre. Ich wollte meiner Tochter ein Deckbette mit solchen Billetdous füttern und füllen, und sie sollte so ruhig drunter schlafen wie ein Kind. Meine Schwester hat herzlich gelacht, sie hat von ihrer Jugend her auch noch dergleichen. Was ein mädgen ist von gutem Gefühl müssen dergleichen Sachen zu wieder seyn wie ein stinckig Ey. Der Kamm ist vertauscht, nicht so schön an Farb und Gestalt als der erste, hoffe doch brauchbaarer. Lotte hat ein klein Köpfgen, aber es ist ein Köpfgen.

Der Tag kömmt mit Macht, wenn das Glück so schnell im avanziren ist, so machen wir balde Hochzeit. Noch eine Seite muss ich schreiben so lang tuh ich als säh ichs Tageslicht nicht.

Grüst mir Kielmannseg. Er soll mich lieb behalten.

Der Scheiskerl in Giessen der sich um uns bekümmert wie das Mütterlein im Evangelio um den verlohrnen Groschen, und überal nach uns leuchtet und stöbert, dessen Nahme keinen Brief verunzieren müsse in dem Lottens Nahme steht und eurer. Der Kerl ärgert sich dass wir nicht nach ihm sehn, und sucht uns zu necken dass wir seyn gedencken. Er hat um meine Baukunst, geschrieben und gefragt so hastig, dass man ihm ansah das ist gefunden Fressen für seinen Zahn, hat auch flugs in die Frfurter Zeitung eine Rezension gesudelt von der man mir erzält hat. Als ein wahrer Esel frisst er die

Disteln die um meinen Garten wachsen nagt an der Hecke die ihn vor solchen Tieren verzäunt und schreit denn sein Critisches J! a! ob er nicht etwa dem Herrn in seiner Laube bedeuten möchte: ich binn auch da.

Nun Adieu, es ist hell Licht. Gott sey bey euch, wie ich bey euch binn. Der Tag ist festlich angefangen. Leider muss ich nun die schönen Stunden mit Rezensiren verderben ich tuhs aber mit gutem Muth denn es ist fürs letzte Blat.

Lebt wohl und denckt an mich das seltsame Mitteldling zwischen dem reichen Mann und dem armen Lazarus.

Grüst mir die lieben alle. Und lasst von euch hören.

An Friedrich Constantin von Stein

Rom, den 29. December 1786

Dein Brief, mein vielgeliebter Fritz, hat mir viele Freude gemacht. Du kannst nicht öfter an mich denken als ich an dich. Gar oft wünsche ich dich zu mir, es giebt gar mancherlei Gutes zu genießen, das dich noch mehr als mich ergötzen würde.

Schwefelabdrücke bring' ich dir mit und Steine von merkwürdigen Gebäuden, wo du zugleich die verschiedenen Arten von Steinen sehen sollst, mit denen man hier baute und auszierte.

Die ganze Nacht vor dem Weihnachtsfest sind wir in den Kirchen herumgefahren und haben die Feierlichkeiten angesehen und angehört. Zu St. Apollinar war Musik. St. Peter mit wenigen Lichtern, Lampen und Fackeln kaum erleuchtet, so daß man das ungeheure Gebäude kaum wieder erkannte. In einer sehr erleuchteten Seitenkapelle sangen die Chorherren die Frühmetten. In St. Maria maggiore war die Kirche schön erleuchtet; dort haben sie einige Stücke von der Krippe Christi. Es zieht eine Prozession mit Fackeln umher, es wird ein silbernes Kindlein auf einer silbernen sehr verzierten Wiege getragen u. s. w.

Am Weihnachtsmorgen hielt der Pabst in St. Peter Hochamt, bei dem die Cardinäle ministrirten. Es mögen 2000 Menschen in der Kirche gewesen seyn und man bemerkte sie kaum, da man hineintrat, da sie Alle um den Hochaltar standen.

Die Gasse, in der ich wohne, ist gegen 3000 Schritte lang, du kannst sie einmal in der Belvedereschen Allee abschreiten und dabei an mich denken. Erzählung von besseren Sachen hebe ich für dich auf. Wenn wir künftig zusammen gehen und fahren, habe ich dir zu erzählen, und du sollst dich nicht mehr über mein Stillschweigen beklagen.

Lebe wohl; auch ein Stück Lava vom Vesuv sollst du haben. Grüße Ernsten, deine Großeltern, und behalte mich lieb.

G.

Dein italiänischer Brief hat mich gefreut, nächstens sollst du auch einen von mir in dieser Sprache haben.

Friedrich Förster
Bei Johann Michael Stock

Was mir Frau Appellationsräthin Körner in Loschwitz (1809, Mai) über ihre erste Bekanntschaft mit Goethe mitgetheilt hat ... »Der Vater arbeitete vornehmlich kleine Vignetten für den Verlagsbuchhändler Breitkopf; auch durch Unterricht in seiner Kunst hatte er Verdienst. Von seinen Schülern der eifrigste, zugleich aber zu allerhand munteren Streichen der aufgelegteste war der später so berühmt gewordene Goethe, damals Student der Rechte, sechzehn Jahre alt. Unsrer guten Mutter machte diese Bekanntschaft, mancherlei Sorge und Verdruß. Wenn der Vater in später Nachmittagsstunde noch fleißig bei der Arbeit saß, trieb ihn der junge Freund an, frühzeitig Feierabend zu machen und beschwichtigte die Einwendungen der Mutter damit, daß die Arbeit mit der feinen Radirnadel im Zwielicht die Augen zu sehr angreife, zumal er dabei durch das

Glas sehe. Wenn nun auch die Mutter erwiderte, *durch* das Glas zu sehen, greife die Augen nicht so sehr an, als *in* das Glas und manchesmal zu tief sehen, so ließ doch der muntre Student nicht los und entführte uns den Vater zu Schönkopf's oder nach Auerbach's Keller ... Diese Bekanntschaft hat unsrer guten Mutter manche Thränen gekostet. Wenn aber am andern Morgen Mosje Goethe, – denn vornehme junge Herrn wurden ›Mosje‹ titulirt – sich wieder bei uns einfand und ihn die Mutter tüchtig ausschalt, daß er den Vater in solche ausbündige Studentengesellschaft führe, in welche ein verheiratheter Mann, der für Frau und Kinder zu sorgen habe, gar nicht gehöre, dann wußte er durch allerhand Späße sie wieder freundlich zu stimmen, sodaß sie ihn den Frankfurter Strubbelpeter nannte und ihn zwang, sich das Haar auskämmen zu lassen, welches so voller Federn sei, als ob Spatzen darin genistet hätten. Nur auf wiederholtes Gebot der Mutter brachten wir Schwestern unsere Kämme, und es währte lange Zeit, bis die Frisur wieder in Ordnung gebracht war. Goethe hatte das schönste braune Haar; er trug es ungepudert im Nacken gebunden, aber nicht wie der alte Fritz als steifen

Zopf, sondern so, daß es in dichtem Gelock frei herabwallte. Wenn ich – erzählte Frau Körner – in späteren Jahren Goethe hieran erinnerte, wollte er es nie zugeben, sondern versicherte, es hätte sich die Mutter ein besonderes Vergnügen daraus gemacht, ihn zu kämmen, sodaß sie sein wohlfrisirtes Haar erst in Unordnung gebracht, um ihn dann recht empfindlich durchzuhecheln.

Am meisten verdarb es der lustige Bruder Studio mit uns Kindern dadurch, daß er weit lieber mit dem Windspiele des Vaters, – es war ein niedliches Thierchen und hieß Joli – als mit uns spielte und ihm allerhand Unarten gestattete und es verzog, während er gegen uns den gestrengen Erzieher spielte. Für Joli brachte er immer etwas zu naschen mit, wenn wir aber mit verdrießlichen Blicken dies bemerkten, wurden wir bedeutet, das Zuckerwerk verderbe die Zähne und gebrannte Mandeln und Nüsse die Stimme. Goethe und der Vater trieben ihren Muthwillen so weit, daß sie an dem Weihnachtsabend ein Christbäumchen für Joli, mit allerhand Süßigkeiten behangen, aufstellten, ihm ein rothwollnes Camisol anzogen und ihn auf zwei Beinen zu dem Tischchen, das für ihn reichlich besetzt war, führten, während wir mit einem Päckchen brauner Pfefferkuchen, welche mein Herr Pathe aus Nürnberg geschickt hatte, uns begnügen mußten. Joli war ein so unverständiges, ja, ich darf sagen, so unchristliches Geschöpf, daß er für die von uns unter unserem Tischchen aufgeputzte Krippe nicht den geringsten Respekt hatte, alles beschnoperte und mit einem Haps das zuckerne Christkindchen aus der Krippe riß und aufknabberte, worüber Herr Goethe und der Vater laut auflachten, während wir in Thränen zerflossen. Ein Glück nur, daß Mutter Maria, der heilige Joseph und Ochs und Eselein von Holz waren; so blieben sie verschont.«

Epiphanias

Die heil'gen drei König' mit ihrem Stern,
Sie essen, sie trinken, und bezahlen nicht
gern;
Sie essen gern, sie trinken gern,
Sie essen, trinken, und bezahlen nicht gern.

Die heil'gen drei König' sind kommen allhier,
Es sind ihrer drei und sind nicht ihrer vier;
Und wenn zu dreien der vierte wär',
So wär' ein heil'ger drei König mehr.

Ich erster bin der weiß' und auch der
schön',
Bei Tage solltet ihr erst mich sehn!
Doch ach, mit allen Spezerein
Werd' ich sein Tag kein Mädchen mir erfrein.

Ich aber bin der braun' und bin der lang',
Bekannt bei Weibern wohl und bei Gesang.
Ich bringe Gold statt Spezerein,
Da werd' ich überall willkommen sein.

Ich endlich bin der schwarz' und bin der klein'
Und mag auch wohl einmal recht lustig sein.
Ich esse gern, ich trinke gern,
Ich esse, trinke und bedanke mich gern.

Die heil'gen drei König' sind wohlgesinnt,
Sie suchen die Mutter und das Kind;
Der Joseph fromm sitzt auch dabei,
Der Ochs und Esel liegen auf der Streu.

Wir bringen Myrrhen, wir bringen Gold,
Dem Weihrauch sind die Damen hold;
Und haben wir Wein von gutem Gewächs,
So trinken wir drei so gut als ihrer sechs.

Da wir nun hier schöne Herrn und Fraun,
Aber keine Ochsen und Esel schaun,
So sind wir nicht am rechten Ort
Und ziehen unseres Weges weiter fort.

Einen heiligen Christ vor deine Kinder

Es war einige Tage vor dem Christabend 174–, als Benedikt Meister, Bürger und Handelsmann zu M–, einer mittleren Reichsstadt, aus seinem gewöhnlichen Kränzchen abends gegen achte nach Hause ging. Es hatte sich wider die Gewohnheit die Tarockpartie früher geendigt, und es war ihm nicht ganz gelegen, daß er so zeitlich in seine vier Wände zurückkehren sollte, die ihm seine Frau eben nicht zum Paradiese machte. Es war noch Zeit bis zum Nachtessen, und so einen Zwischenraum pflegte sie ihm nicht mit Annehmlichkeiten auszufüllen, deswegen er lieber nicht ehe zu Tische kam, als wenn die Suppe schon etwas überkocht hatte.

Er ging langsam und dachte so dem Bürgermeisteramte nach, das er das letzte Jahr geführt hatte, und dem Handel und den kleinen Vorteilen, als er eben im Vorbeigehen seiner Mutter Fenster sehr emsig erleuchtet sah. Das alte Weib lebte, nachdem sie ihren Sohn ausgestattet und ihm ihre Handlung übergeben hatte, in einem kleinen Häuschen zurückgezogen, wo sie nun vor sich allein mit einer Magd bei ihren reichlichen Renten sich wohl befand, ihren Kindern und Enkeln mitunter was zu Gute tat, ihnen aber das Beste bis nach ihrem Tode aufhub, wo sie hoffte, daß sie gescheuter sein sollten, als sie bei ihrem Leben nicht hatte sehen können. Meister war durch einen geheimen Zug nach dem Hause geführt, da ihm, als er angepocht hatte, die Magd hastig und geheimnisvoll die Türe öffnete und ihn zur Treppe hinauf begleitete. Er fand, als er zur Stubentüre hineintrat, seine Mutter an einem großen Tische mit Wegräumen und Zudecken beschäftigt, die ihm auf seinen »Guten Abend« mit einem »Du kommst mir nicht ganz gelegen« antwortete. »Weil du nun einmal da bist, so magst du's wissen, da sieh, was ich zurecht mache«, sagte sie und hob die Servietten auf, die übers Bett geschlagen waren, und tat zugleich einen Pelzmantel weg, den sie in der Eile übern Tisch gebreitet hatte, da nun denn der Mann eine Anzahl spannenlanger, artig gekleideter Puppen erblickte, die in schöner Ordnung, die beweglichen Drähte an den Köpfen befestigt, nebeneinanderlagen und nur den Geist zu erwarten schienen, der sie aus ihrer Untätigkeit regen sollte. »Was gibt denn das, Mutter?«, sagte Meister. – »Einen heiligen Christ vor deine Kinder!« antwortete die Alte. »Wenn's ihnen so viel Spaß macht als mir, eh' ich sie fertig kriegte, soll mir's lieb sein.« Er besah's eine Zeitlang, wie es schien, sorgfältig, um ihr nicht gleich den Verdruß zu machen, als hielte er ihre Arbeit vergeblich. »Liebe Mutter«, sagte er endlich, »Kinder sind Kinder, Sie macht sich zu viel zu schaffen, und am Ende seh' ich nicht, was es nutzen soll.« – »Sei nur stille«, sagte die Alte, indem sie die Kleider der Puppen, die sich etwas verschoben hatten, zurechtrückte, »laß es nur gut sein, sie werden eine rechte Freude haben, es ist so hergebracht bei mir, und das weißt du auch, und ich lasse nicht davon; wie ihr klein wart, wart ihr immer drin vergackelt und trugt euch mit euern Spiel- und Naschsachen herum die ganzen Feiertage; euere Kinder sollen's nun auch so wohl haben, ich bin Großmutter und weiß, was ich zu tun habe.« – »Ich will Ihr's nicht verderben«, sagte Meister, »ich denke nur, was soll den Kindern, daß man's ihnen heut oder morgen gibt; wenn sie was brauchen, so geb' ich's ihnen, was braucht's da heiliger Christ zu? Da sind Leute, die lassen ihre Kinder verlumpen und sparen's bis auf den Tag.« – »Benedikt«, sagte die Alte, »ich habe ihnen Puppen geputzt und habe ihnen eine Komödie zurechte gemacht, Kinder müssen Komödien haben und Puppen. Es war euch auch in eurer Jugend so, ihr habt mich um manchen Batzen gebracht, um den Doktor Faust und das Mohrenballett zu sehen; ich weiß nun nicht, was ihr mit euern Kindern wollt, und warum ihnen nicht so gut werden soll wie euch.«

»Wer ist denn das?« sagte Meister, indem er eine Puppe aufhub. – »Verwirrt mir die Drähte nicht«, sagte die Alte, »es ist mehr Mühe, als ihr denkt, bis man's so zusammenkriegt. Seht nur, das da ist König Saul. Ihr müßt nicht denken, daß ich was umsonst ausgebe; was Läppchen sind, die hab' ich all' in meinem Kasten, und das bißchen falsch Silber und Gold, das drauf ist, das kann ich wohl dran wenden.« – »Die Püppchen sind recht hübsch«, sagte Meister. – »Das denk' ich«, lächelte die Alte, »und kosten doch nicht viel. Der alte lahme Bildhauer Merks, der mir Interessen schuldig ist von seinem Häuschen so lang, hat mir Hände, Füße und Gesichter ausschneiden müssen, kein Geld krieg' ich doch nicht von ihm und vertreiben kann ich ihn nicht, er sitzt schon seit meinem seligen Mann her und hat immer richtig eingehalten bis zu seiner zwoten unglücklichen Heurat.« – »Dieser in schwarzem Samt und der goldenen Krone, das ist Saul?« fragte Meister; »wer sind denn die andern?« – »Das solltest du so sehen«, sagte die Mutter. »Das hier ist Jonathan, der hat Gelb und Rot, weil er jung ist und flatterig, und hat einen Turban auf. Der oben ist Samuel, der hat mir am meisten Mühe gemacht mit dem Brustschildchen. Sieh den Leibrock, das ist ein schieler Taft, den ich auch noch als Jungfer getragen habe.« – »Gute Nacht«, sagte Meister, »es schlägt just achte.« – »Sieh nur noch den David!« sagte die Alte. »Ah, der ist schön, der ist ganz geschnitzt und hat rote Haare; sieh, wie klein er ist und hübsch.« – »Wo ist denn nun der Goliath?« sagte Meister; »der wird doch nun auch kommen.« – »Der ist noch nicht fertig«, sagte die Alte. »Das muß ein Meisterstück werden. Wenn's nur erst alles fertig ist. Das Theater macht mir der Konstabler-Lieutenant fertig, mit seinem Bruder;

und hinten zum Tanz, da sind Schäfer und Schäferinnen, Mohren und Mohrinnen, Zwerge und Zwerginnen, es wird recht hübsch werden! Laß es nur gut sein, und sag' zu Hause nichts davon und mach' nur, daß dein Wilhelm nicht hergelaufen kommt; der wird eine rechte Freude haben, denn ich denk's noch, wie ich ihn die letzte Messe ins Puppenspiel schickte, was er mir alles erzählt hat, und wie er's begriffen hat.« – »Sie gibt sich zu viel Mühe«, sagte Meister, indem er nach der Türe griff. – »Wenn man sich um der Kinder willen keine Mühe gäbe, wie wärt ihr groß geworden?« sagte die Großmutter.

Die Magd nahm ein Licht und führt' ihn hinunter. –

Der Christabend nahte heran in seiner vollen Feierlichkeit. Die Kinder liefen den ganzen Tag herum und standen am Fenster, in ängstlicher Erwartung, daß es nicht Nacht werden wollte. Endlich rief man sie, und sie traten in die Stube, wo jedem sein wohlerleuchtetes Anteil zu höchstem Erstaunen angewiesen ward. Jeder hatte von dem Seinigen Besitz genommen und war nach einem zeitlang Angaffen im Begriff, es in eine Ecke und in seine Gewahrsam zu bringen, als ein unerwartetes

Schauspiel sich vor ihren Augen auftat. Eine Tür, die aus einem Nebenzimmer hereinging, öffnete sich, allein nicht wie sonst zum Hin- und Widerlaufen; der Eingang war durch eine unerwartete Festlichkeit ausgefüllt, ein grüner Teppich, der über einem Tisch herabhing, bedeckte fest angeschlossen den untern Teil der Öffnung, von da auf baute sich ein Portal in die Höhe, das mit einem mystischen Vorhang verschlossen war, und was von da auf die Türe noch zu hoch sein mochte, bedeckte ein Stück dunkelgrünes Zeug und beschloß das Ganze. Erst standen sie alle von fern, und wie ihre Neugierde größer wurde, um zu sehen, was Blinkendes sich hinter dem Vorhang verbergen möchte, wies man jedem sein Stühlchen an und gebot ihnen freundlich, in Geduld zu warten. Wilhelm war der einzige, der in ehrerbietiger Entfernung stehen blieb und sich's zwei-, dreimal von seiner Großmutter sagen ließ, bis er auch sein Plätzchen einnahm. So saß nun alles und war still, und mit dem Pfiff rollte der Vorhang in die Höhe und zeigte eine hochrot gemalte Aussicht in den Tempel. Der Hohepriester Samuel erschien mit Jonathan, und ihre wechselnden Stimmen vergeisterten ganz ihre kleinen Zuschauer. Endlich trat Saul auf in großer Verlegenheit über die Impertinenz, womit der schwerlötige Kerl ihn und die Seinigen ausgefordert hatte – wie wohl ward's da unserm Wilhelm, der alle Worte abpaßte und bei allem zugegen war, als der zwerggestaltete, raupigte Sohn Isai mit seinem Schäferstab und Hirtentasche und Schleuder hervortrat und sprach: »Großmächtigster König und Herr Herr! Es entfalle keinem der Mut um dessentwillen; wenn Ihro Majestät mir erlauben wollen, so will ich hingehen und mit dem gewaltigen Riesen in den Streit treten.« Dieser Actus endigte sich. Die übrigen Kleinen waren alle vergackelt, Wilhelm allein erwartete das Folgende und sann drauf; er war unruhig, den großen Riesen zu sehen, und wie alles würde.

Der Vorhang ging wieder auf. David weihte das Fleisch des Ungeheuers den Vögeln unter dem Himmel und den Tieren auf dem Felde. Der Philister sprach Hohn, stampfte viel mit beiden Füßen, fiel endlich wie ein Klotz und gab der ganzen Sache einen herrlichen Ausschlag. Wie dann nachher die Jungfrauen sungen: »Saul hat tausend geschlagen, David aber zehentausend«, und der Kopf des Riesen vor dem kleinen Überwinder hergetragen wurde und er davor die schöne Königstochter zur Gemahlin kriegte, verdroß es Wilhelmen doch bei aller Freude, daß der Glücksprinz so zwergenmäßig gebildet wäre. Denn nach der Idee vom großen Goliath und kleinen David hatte die liebe Großmutter nichts verfehlt, um beide recht charakteristisch zu machen. Die dumpfe Aufmerksamkeit der übrigen Geschwister dauerte ununterbrochen fort, Wilhelm aber geriet in eine Nachdenklichkeit, darüber er das Ballett von Mohren und Mohrinnen, Schäfern und Schäferinnen, Zwergen und Zwerginnen nur wie im Schatten vor sich hingaukeln sah. Der Vorhang fiel zu, die Türe schloß sich, und die ganze kleine Gesellschaft war wie betrunken taumelnd und begierig, ins Bett zu kommen; nur Wilhelm, der aus Gesellschaft mitmußte, lag allein, dunkel über das Vergangene nachdenkend, unbefriedigt in seinem Vergnügen, voller Hoffnungen, Drang und Ahndung.

Das Puppentheater

Das Schauspiel dauerte sehr lange. Die alte Barbara trat einigemal ans Fenster und horchte, ob die Kutschen nicht rasseln wollten. Sie erwartete Marianen, ihre schöne Gebieterin, die heute im Nachspiele, als junger Offizier gekleidet, das Publikum entzückte, mit größerer Ungeduld als sonst, wenn sie ihr nur ein mäßiges Abendessen vorzusetzen hatte; diesmal sollte sie mit einem Paket überrascht werden, das Norberg, ein junger reicher Kaufmann, mit der Post geschickt hatte, um zu zeigen, daß er auch in der Entfernung seiner Geliebten gedenke.

Barbara war als alte Dienerin, Vertraute, Ratgeberin, Unterhändlerin und Haushälterin im Besitz des Rechtes, die Siegel zu eröffnen, und auch diesen Abend konnte sie ihrer Neugierde um so weniger widerstehen, als ihr die Gunst des freigebigen Liebhabers mehr als selbst Marianen am Herzen lag. Zu ihrer größten Freude hatte sie in dem Paket ein feines Stück Nesseltuch und die neuesten Bänder für Marianen, für sich aber ein Stück Kattun, Halstücher und ein Röllchen Geld gefunden. Mit welcher Neigung, welcher Dankbarkeit erinnerte sie sich des abwesenden Norbergs! Wie lebhaft nahm sie sich vor, auch bei Marianen seiner im besten zu gedenken, sie zu erinnern, was sie ihm schuldig sei und was er von ihrer Treue hoffen und erwarten müsse.

Das Nesseltuch, durch die Farbe der halb aufgerollten Bänder belebt, lag wie ein Christgeschenk auf dem Tischchen; die Stellung der Lichter erhöhte den Glanz der Gabe, alles war in Ordnung, als die Alte den Tritt Marianens auf der Treppe vernahm und ihr entgegeneilte. Aber wie sehr verwundert trat sie zurück, als das weibliche Offizierchen, ohne auf die Liebkosungen zu achten, sich an ihr vorbeidrängte, mit ungewöhnlicher Hast und Bewegung in das Zimmer trat, Federhut und Degen auf den Tisch warf, unruhig auf und nieder ging und den feierlich angezündeten Lichtern keinen Blick gönnte.

»Was hast du, Liebchen?« rief die Alte verwundert aus.

»Um 's Himmels willen, Töchterchen, was gibt's? Sieh hier diese Geschenke! Von wem können sie sein, als von deinem zärtlichsten Freunde? Norberg schickt dir das Stück Musselin zum Nachtkleide; bald ist er selbst da; er scheint mir eifriger und freigebiger als jemals.«

Die Alte kehrte sich um und wollte die Gaben, womit er auch sie bedacht, vorweisen, als Mariane, sich von den Geschenken wegwendend, mit Leidenschaft ausrief: »Fort! Fort! Heute will ich nichts von allem diesen hören; ich habe dir gehorcht, du hast es gewollt, es sei so! Wenn Norberg zurückkehrt, bin ich wieder sein, bin ich dein, mache mit mir, was du willst, aber bis dahin will ich mein sein, und hättest du tausend Zungen, du solltest mir meinen Vorsatz nicht ausreden. Dieses ganze Mein will ich dem geben, der mich liebt und den ich liebe. Keine Gesichter! Ich will mich dieser Leidenschaft überlassen, als wenn sie ewig dauern sollte.«

Der Alten fehlte es nicht an Gegenvorstellungen und Gründen; doch da sie in fernerem Wortwechsel heftig und bitter ward, sprang Mariane auf sie los und faßte sie bei der Brust. Die Alte lachte überlaut. »Ich werde sorgen müssen«, rief sie aus, »daß sie wieder bald in lange Kleider kommt, wenn ich meines Lebens sicher sein will. Fort, zieht Euch aus! Ich hoffe, das Mädchen wird mir abbitten, was mir der flüchtige Junker Leids zugefügt hat; herunter mit dem Rock und immer so fort alles herunter! es ist eine unbequeme Tracht, und für Euch gefährlich, wie ich merke. Die Achselbänder begeistern Euch.«

Die Alte hatte Hand an sie gelegt, Mariane riß sich los. »Nicht so geschwind!« rief sie aus, »ich habe noch heute Besuch zu erwarten.«

»Das ist nicht gut«, versetzte die Alte. »Doch nicht den jungen, zärtlichen, unbefiederten Kaufmannssohn? – »Eben den«, versetzte Mariane.

»Es scheint, als wenn die Großmut Eure herrschende Leidenschaft werden wollte«, erwiderte die Alte spottend; »Ihr nehmt Euch der Unmündigen, der Unvermögenden mit großem Eifer an. Es muß reizend sein, als uneigennützige Geberin angebetet zu werden.«

»Spotte, wie du willst. Ich lieb' ihn! ich lieb' ihn! Mit welchem Entzücken sprech' ich zum erstenmal diese Worte aus! Das ist diese Leidenschaft, die ich so oft vorgestellt habe, von der ich keinen Begriff hatte. Ja, ich will mich ihm um den Hals werfen! ich will ihn fassen, als wenn ich ihn ewig halten wollte. Ich will ihm meine ganze Liebe zeigen, seine Liebe in ihrem ganzen Umfang genießen!«

»Mäßigt Euch!« sagte die Alte gelassen, »mäßigt Euch! Ich muß Eure Freude durch ein Wort unterbrechen: Norberg kommt! In vierzehn Tagen kommt er! Hier ist sein Brief, der die Geschenke begleitet hat.«

»Und wenn mir die Morgensonne meinen Freund rauben sollte, will ich mir's verbergen. Vierzehn Tage! Welche Ewigkeit! In vierzehn Tagen, was kann da nicht vorfallen, was kann sich da nicht verändern!«

Wilhelm trat herein. Mit welcher Lebhaftigkeit flog sie ihm entgegen! mit welchem Entzücken umschlang er die rote Uniform! drückte er das weiße Atlaswestchen an seine Brust! Wer wagte hier zu beschreiben, wem geziemt es, die Seligkeit zweier Liebenden auszusprechen! Die Alte ging murrend beiseite, wir entfernen uns mit ihr und lassen die Glücklichen allein.

Als Wilhelm seine Mutter des andern Morgens begrüßte, eröffnete sie ihm, daß der Vater sehr verdrießlich sei und ihm den täglichen Besuch des Schauspiels nächstens untersagen werde. »Wenn ich gleich selbst«, fuhr sie fort, »manchmal gern ins Theater gehe, so möchte ich es doch oft verwünschen, da meine häusliche Ruhe durch deine unmäßige Leidenschaft zu diesem Vergnügen gestört wird. Der Vater wiederholt immer, wozu es nur nütze sei, wie man seine Zeit nur so verderben könne.«

»Ich habe es auch schon von ihm hören müssen«, versetzte Wilhelm, »und habe ihm vielleicht zu hastig geantwortet; aber um 's Himmels willen, Mutter! ist denn alles unnütz, was uns nicht unmittelbar Geld in den Beutel bringt, was uns nicht den allernächsten Besitz verschafft? Hatten wir in dem alten Hause nicht Raum genug? und war es nötig, ein neues zu bauen? Verwendet der Vater nicht jährlich einen ansehnlichen Teil seines Handelsgewinnes zur Verschönerung der Zimmer? Diese seidenen Tapeten, diese englischen Mobilien, sind sie nicht auch unnütz? Könnten wir uns nicht mit geringeren begnügen? Wenigstens bekenne ich, daß mir diese gestreiften Wände, diese hundertmal wiederholten Blumen, Schnörkel, Körbchen und Figuren einen durchaus unangenehmen Eindruck machen. Sie kommen mir höchstens vor wie unser Theatervorhang. Aber wie anders ist's, vor diesem zu sitzen! Wenn man noch so lange warten muß, so weiß man doch, er wird in die Höhe gehen, und wir werden die mannigfaltigsten Gegenstände sehen, die uns unterhalten, aufklären und erheben.«

»Mach' es nur mäßig«, sagte die Mutter, »der Vater will auch abends unterhalten sein; und dann glaubt er, es zerstreue dich, und am Ende trag' ich, wenn er verdrießlich wird, die Schuld. Wie oft mußte ich mir das verwünschte Puppenspiel vorwerfen lassen, das ich euch vor zwölf Jahren zum heiligen Christ gab, und das euch zuerst Geschmack am Schauspiele beibrachte.«

»Schelten Sie das Puppenspiel nicht, lassen Sie sich Ihre Liebe und Vorsorge nicht gereuen! Es waren die ersten vergnügten Augenblicke, die ich in dem neuen leeren Hause genoß; ich sehe es diesen Augenblick noch vor mir, ich weiß, wie sonderbar es mir vorkam, als man uns, nach Empfang der gewöhnlichen Christgeschenke, vor einer Türe niedersitzen hieß, die aus einem andern Zimmer hereinging. Sie eröffnete sich; allein nicht wie sonst zum Hin- und Widerlaufen, der Eingang war durch eine unerwartete Festlichkeit ausgefüllt. Es baute sich ein Portal in die Höhe, das von einem mystischen Vorhang verdeckt war. Erst standen wir alle von ferne, und wie unsere Neugierde größer ward, um zu sehen, was wohl Blinkendes und Rasselndes sich hinter der halb durchsichtigen Hülle verbergen möchte, wies man jedem sein Stühlchen an und gebot uns, in Geduld zu warten.

So saß nun alles und war still; eine Pfeife gab das Signal, der Vorhang rollte in die Höhe und zeigte eine hochrot gemalte Aussicht in den Tempel. Der Hohepriester Samuel erschien mit Jonathan, und ihre wechselnden wunderlichen Stimmen kamen mir höchst ehrwürdig vor. Kurz darauf betrat Saul die Szene, in großer Verlegenheit über die Impertinenz des schwerlötigen Kriegers, der ihn und die Seinigen herausgefordert hatte. Wie wohl ward es mir daher, als der zwerggestaltete Sohn Isai mit Schäferstab, Hirtentasche und Schleuder hervorhüpfte und sprach: ›Großmächtigster König und Herr! es entfalle keinem der Mut um deswillen; wenn Ihro Majestät mir erlauben wollen, so will ich hingehen und mit dem gewaltigen Riesen in den Streit treten.‹ – Der erste Akt war geendet und die

Zuschauer höchst begierig, zu sehen, was nun weiter vorgehen sollte; jedes wünschte, die Musik möchte nur bald aufhören. Endlich ging der Vorhang wieder in die Höhe. David weihte das Fleisch des Ungeheuers den Vögeln unter dem Himmel und den Tieren auf dem Felde; der Philister sprach Hohn, stampfte viel mit beiden Füßen, fiel endlich wie ein Klotz und gab der ganzen Sache einen herrlichen Ausschlag. Wie dann nachher die Jungfrauen sangen: ›Saul hat tausend geschlagen, David aber zehntausend!‹, der Kopf des Riesen vor dem kleinen Überwinder hergetragen wurde, und er die schöne Königstochter zur Gemahlin erhielt, verdroß es mich doch bei aller Freude, daß der Glücksprinz so zwergmäßig gebildet sei. Denn nach der Idee vom großen Goliath und kleinen David hatte man nicht verfehlt, beide recht charakteristisch zu machen. Ich bitte Sie, wo sind die Puppen hingekommen? Ich habe versprochen, sie einem Freunde zu zeigen, dem ich viel Vergnügen machte, indem ich ihn neulich von diesem Kinderspiel unterhielt.«

»Es wundert mich nicht, daß du dich dieser Dinge so lebhaft erinnerst; denn du nahmst gleich den größten Anteil daran. Ich weiß, wie du mir das

Büchlein entwendetest und das ganze Stück auswendig lerntest; ich wurde es erst gewahr, als du eines Abends dir einen Goliath und David von Wachs machtest, sie beide gegeneinander perorieren ließest, dem Riesen endlich einen Stoß gabst und sein unförmliches Haupt auf einer großen Stecknadel mit wächsernem Griff dem kleinen David in die Hand klebtest. Ich hatte damals so eine herzliche mütterliche Freude über dein gutes Gedächtnis und deine pathetische Rede, daß ich mir sogleich vornahm, dir die hölzerne Truppe nun selbst zu übergeben. Ich dachte damals nicht, daß es mir so manche verdrießliche Stunde machen sollte.«

»Lassen Sie sich's nicht gereuen«, versetzte Wilhelm, »denn es haben uns diese Scherze manche vergnügte Stunde gemacht.«

Und mit diesem erbat er sich die Schlüssel, eilte, fand die Puppen und war einen Augenblick in jene Zeiten versetzt, wo sie ihm noch belebt schienen, wo er sie durch die Lebhaftigkeit seiner Stimme, durch die Bewegung seiner Hände zu beleben glaubte. Er nahm sie mit auf seine Stube und verwahrte sie sorgfältig.

Wenn die erste Liebe, wie ich allgemein behaupten höre, das Schönste ist, was ein Herz früher oder später empfinden kann, so müssen wir unsern Helden dreifach glücklich preisen, daß ihm gegönnt ward, die Wonne dieser einzigen Augenblicke in ihrem ganzen Umfange zu genießen. Nur wenig Menschen werden so vorzüglich begünstigt, indes die meisten von ihren frühern Empfindungen nur durch eine harte Schule geführt werden, in welcher sie, nach einem kümmerlichen Genuß, gezwungen sind, ihren besten Wünschen entsagen und das, was ihnen als höchste Glückseligkeit vorschwebte, für immer entbehren zu lernen.

Auf den Flügeln der Einbildungskraft hatte sich Wilhelms Begierde zu dem reizenden Mädchen erhoben; nach einem kurzen Umgange hatte er ihre Neigung gewonnen, er fand sich im Besitz einer Person, die er so sehr liebte, ja verehrte; denn sie war ihm zuerst in dem günstigen Lichte theatralischer Vorstellung erschienen, und seine Leidenschaft zur Bühne verband sich mit der ersten Liebe zu einem weiblichen Geschöpfe. Seine Jugend ließ ihn reiche Freuden genießen, die von einer lebhaften Dichtung erhöht und erhalten wurden. Auch der

Zustand seiner Geliebten gab ihrem Betragen eine Stimmung, welche seinen Empfindungen sehr zu Hülfe kam; die Furcht, ihr Geliebter möchte ihre übrigen Verhältnisse vor der Zeit entdecken, verbreitete über sie einen liebenswürdigen Anschein von Sorge und Scham, ihre Leidenschaft für ihn war lebhaft, selbst ihre Unruhe schien ihre Zärtlichkeit zu vermehren; sie war das lieblichste Geschöpf in seinen Armen.

Als er aus dem ersten Taumel der Freude erwachte und auf sein Leben und seine Verhältnisse zurückblickte, erschien ihm alles neu, seine Pflichten heiliger, seine Liebhabereien lebhafter, seine Kenntnisse deutlicher, seine Talente kräftiger, seine Vorsätze entschiedener. Es ward ihm daher leicht, eine Einrichtung zu treffen, um den Vorwürfen seines Vaters zu entgehen, seine Mutter zu beruhigen und Marianens Liebe ungestört zu genießen. Er verrichtete des Tags seine Geschäfte pünktlich, entsagte gewöhnlich dem Schauspiel, war abends bei Tische unterhaltend und schlich, wenn alles zu Bette war, in seinen Mantel gehüllt, sachte zu dem Garten hinaus und eilte, alle Lindors und Leanders im Busen, unaufhaltsam zu seiner Geliebten.

»Was bringen Sie?« fragte Mariane, als er eines Abends ein Bündel hervorwies, das die Alte, in Hoffnung angenehmer Geschenke, sehr aufmerksam betrachtete. »Sie werden es nicht erraten«, versetzte Wilhelm.

Wie verwunderte sich Mariane, wie entsetzte sich Barbara, als die aufgebundene Serviette einen verworrenen Haufen spannenlanger Puppen sehen ließ. Mariane lachte laut, als Wilhelm die verworrenen Drähte auseinander zu wickeln und jede Figur einzeln vorzuzeigen bemüht war. Die Alte schlich verdrießlich beiseite.

Es bedarf nur einer Kleinigkeit, um zwei Liebende zu unterhalten, und so vergnügten sich unsere Freunde diesen Abend aufs beste. Die kleine Truppe wurde gemustert, jede Figur genau betrachtet und belacht. König Saul im schwarzen Samtrocke mit der goldenen Krone wollte Marianen gar nicht gefallen; er sehe ihr, sagte sie, zu steif und pedantisch aus. Desto besser behagte ihr Jonathan, sein glattes Kinn, sein gelb und rotes Kleid und der Turban. Auch wußte sie ihn gar artig am Drahte hin und her zu drehen, ließ ihn Reverenzen machen und Liebeserklärungen hersagen. Dagegen wollte sie dem Propheten Samuel nicht die mindeste Aufmerksamkeit schenken, wenn ihr gleich Wilhelm das Brustschildchen anpries und erzählte, daß der Schillertaft des Leibrocks von einem alten Kleide der Großmutter genommen sei. David war ihr zu klein und Goliath zu groß; sie hielt sich an ihren Jonathan. Sie wußte ihm so artig zu tun und zuletzt ihre Liebkosungen von der Puppe auf unsern Freund herüberzutragen, daß auch diesmal wieder ein geringes Spiel die Einleitung glücklicher Stunden ward.

Aus der Süßigkeit ihrer zärtlichen Träume wurden sie durch einen Lärm geweckt, welcher auf der Straße entstand. Mariane rief der Alten, die, nach ihrer Gewohnheit noch fleißig, die veränderlichen Materialien der Theatergarderobe zum Gebrauch des nächsten Stückes anzupassen beschäftigt war. Sie gab die Auskunft, daß eben eine Gesellschaft lustiger Gesellen aus dem Italienerkeller nebenan heraustaumle, wo sie bei frischen Austern, die eben angekommen, des Champagners nicht geschont hätten.

»Schade«, sagte Mariane, »daß es uns nicht früher eingefallen ist, wir hätten uns auch was zugute tun sollen.«

»Es ist wohl noch Zeit«, versetzte Wilhelm und reichte der Alten einen Louisdor hin, »verschafft Sie uns, was wir wünschen, so soll Sie's mitgenießen.«

Die Alte war behend, und in kurzer Zeit stand ein artig bestellter Tisch mit einer wohlgeordneten Kollation vor den Liebenden. Die Alte mußte sich dazusetzen; man aß, trank und ließ sich's wohl sein.

In solchen Fällen fehlt es nie an Unterhaltung. Mariane nahm ihren Jonathan wieder vor, und die Alte wußte das Gespräch auf Wilhelms Lieblingsmaterie zu wenden. »Sie haben uns schon einmal«, sagte sie, »von der ersten Aufführung eines Puppenspiels am Weihnachtsabend unterhalten; es war lustig zu hören. Sie wurden eben unterbrochen, als das Ballett angehen sollte. Nun kennen wir das herrliche Personal, das jene großen Wirkungen hervorbrachte.«

»Ja«, sagte Mariane, »erzähle uns weiter, wie war dir's zumute?«

»Es ist eine schöne Empfindung, liebe Mariane«, versetzte Wilhelm, »wenn wir uns alter Zeiten und alter unschädlicher Irrtümer erinnern, besonders wenn es in einem Augenblicke geschieht, da wir eine Höhe glücklich erreicht haben, von welcher wir uns umsehen und den zurückgelegten Weg überschauen können. Es ist so angenehm, selbstzufrieden sich mancher Hindernisse zu erinnern, die wir oft mit einem peinlichen Gefühle für unüberwindlich hielten, und dasjenige, was wir jetzt, entwickelt, sind, mit dem zu vergleichen, was wir damals, unentwickelt, waren. Aber unaussprechlich glücklich fühl' ich mich jetzt, da ich in diesem Augenblicke mit dir von dem Vergangnen rede, weil ich zugleich vorwärts in das reizende Land schaue, das wir zusammen Hand in Hand durchwandern können.«

»Wie war es mit dem Ballett?« fiel die Alte ihm ein. »Ich fürchte, es ist nicht alles abgelaufen, wie es sollte.«

»O ja«, versetzte Wilhelm, »sehr gut! Von jenen wunderlichen Sprüngen der Mohren und Mohrinnen, Schäfer und Schäferinnen, Zwerge und Zwerginnen ist mir eine dunkle Erinnerung auf mein ganzes Leben geblieben. Nun fiel der Vorhang, die Türe schloß sich, und die ganze kleine Gesellschaft eilte wie betrunken und taumelnd zu Bette; ich weiß aber wohl, daß ich nicht einschlafen konnte, daß ich noch etwas erzählt haben wollte, daß ich noch viele Fragen tat, und daß ich nur ungern die Wärterin entließ, die uns zur Ruhe gebracht hatte.

Den andern Morgen war leider das magische Gerüste wieder verschwunden, der mystische Schleier weggehoben, man ging durch jene Türe wieder frei aus einer Stube in die andere, und so viel Abenteuer hatten keine Spur zurückgelassen. Meine Geschwister liefen mit ihren Spielsachen auf und ab, ich allein schlich hin und her; es schien mir unmöglich, daß da nur zwo Türpfosten sein sollten, wo gestern so viel Zauberei gewesen war. Ach, wer eine verlorne Liebe sucht, kann nicht unglücklicher sein, als ich mir damals schien.«

Ein freudetrunkner Blick, den er auf Marianen warf, überzeugte sie, daß er nicht fürchtete, jemals in diesen Fall kommen zu können.

»Mein einziger Wunsch war nunmehr«, fuhr Wilhelm fort, »eine zweite Aufführung des Stücks zu sehen. Ich lag der Mutter an, und diese suchte zu einer gelegenen Stunde den Vater zu bereden; allein ihre Mühe war vergebens. Er behauptete, nur ein seltenes Vergnügen könne bei den Menschen einen Wert haben; Kinder und Alte wüßten nicht zu schätzen, was ihnen Gutes täglich begegnete.

Wir hätten auch noch lange, vielleicht bis wieder Weihnachten, warten müssen, hätte nicht der Erbauer und heimliche Direktor des Schauspiels selbst Lust gefühlt, die Vorstellung zu wiederholen und dabei in einem Nachspiele einen ganz frisch fertig gewordenen Hanswurst zu produzieren.

Ein junger Mann von der Artillerie, mit vielen Talenten begabt, besonders in mechanischen Arbeiten geschickt, der dem Vater während des Bauens viele wesentliche Dienste geleistet hatte und von ihm reichlich beschenkt worden war, wollte sich am Christfeste der kleinen Familie dankbar erzeigen und machte dem Hause seines Gönners ein Geschenk mit diesem ganz eingerichteten Theater, das er ehemals in müßigen Stunden zusammengebaut, geschnitzt und gemalt hatte. Er war es, der mit Hülfe eines Bedienten selbst die Puppen regierte und mit verstellter Stimme die verschiedenen Rollen hersagte. Ihm ward nicht schwer, den Vater zu bereden, der einem Freunde aus Gefälligkeit zugestand, was er seinen Kindern aus Überzeugung abgeschlagen hatte. Genug, das Theater ward wieder aufgestellt, einige Nachbarskinder gebeten und das Stück wiederholt.

Hatte ich das erste Mal die Freude der Überraschung und des Staunens, so war zum zweiten Male die Wollust des Aufmerkens und Forschens groß. Wie das zugehe, war jetzt mein Anliegen. Daß die Puppen nicht selbst redeten, hatte ich mir schon das erste Mal gesagt; daß sie sich nicht von selbst bewegten, vermutete ich auch; aber warum das alles doch so hübsch war, und es doch so aussah, als wenn sie selbst redeten und sich bewegten, und wo die Lichter und die Leute sein möchten, diese Rätsel beunruhigten mich um desto mehr, je mehr ich wünschte, zugleich unter den Bezauberten und Zauberern zu sein, zugleich meine Hände verdeckt im Spiel zu haben und als Zuschauer die Freude der Illusion zu genießen.

Das Stück war zu Ende, man machte Vorbereitungen zum Nachspiel, die Zuschauer waren aufgestanden und schwatzten durcheinander. Ich drängte mich näher an die Türe und hörte inwendig am Klappern, daß man mit Aufräumen beschäftigt sei. Ich hub den untern Teppich auf und guckte zwischen dem Gestelle durch. Meine Mutter bemerkte es und zog mich zurück; allein ich hatte doch so viel gesehen, daß man Freunde und Feinde, Saul und Goliath und wie sie alle heißen mochten, in einen Schiebkasten packte, und so erhielt meine halbbefriedigte Neugierde frische Nahrung. Dabei hatte ich zu meinem größten Erstaunen den Lieutenant im Heiligtume sehr geschäftig erblickt. Nunmehr konnte mich der Hanswurst, so sehr er mit seinen Absätzen klapperte, nicht unterhalten. Ich verlor mich in tiefes Nachdenken und war nach dieser Entdeckung ruhiger und unruhiger als vorher. Nachdem ich etwas erfahren hatte, kam es mir erst vor, als ob ich gar nichts wisse, und ich hatte recht; denn es fehlte mir der Zusammenhang, und darauf kommt doch eigentlich alles an.«

An Friedrich Wilhelm Heinrich von Trebra

Je unerwarteter mir das angenehme Geschenk von meinem verehrten Freunde gewesen, desto erfreulicher war es mir. Es kommt gerade zwischen Weihnachten und Neujahr, um seinen doppelten Glückwunsch gar anmuthig auszurichten. Diese uralten Denkmäler der Weltveränderung zu einem freundlichen täglich Gebrauche zu benutzen ist ein Gedanke, des Mannes werth, der seyn Leben zugebracht hat, die Naturschätze zum Besten und zur Freude der Menschen zu entdecken, an den Tag zu bringen und zu verarbeiten.

[...]

Nun will ich, anstatt einer Gegengabe (denn mit Freunden muß man nicht gleich immer faldiren) noch eine Bitte hinzufügen, um meine Schuld eher zu vermehren als zu vermindern. In den langen Winterabenden habe ich eine Sammlung von Handschriften mehr oder weniger bedeutender älterer oder neuerer Männer geordnet, und darüber ein Verzeichniß abgefaßt; es liegt hier bey, und gewiß bist du im Falle es um ein ansehnliches zu vermehren, da du mit den vorzüglichsten Männern deines Faches und deiner Zeit in Verhältniß gestanden. Ich bitte mir gelegentlich etwas auszusondern und mich damit zu erfreuen. Solche Denkmale, da so vieles verloren geht, sind höchst erwünscht und auferbaulich, und geben zu mancher gesellschaftlichen Unterhaltung Anlaß, wodurch wir die gute Vergangenheit wieder hervorrufen. Jetzt lebe recht wohl, empfiel mich den werthen Deinigen und habe tausend Dank für das holde Andenken!

Daß Sie nicht eher kommen als Weihnachtsabend

»Am 20. Dezember.

Ich danke deiner Liebe, Wilhelm, daß du das Wort so aufgefangen hast. Ja, du hast recht: mir wäre besser, ich ginge. Der Vorschlag, den du zu einer Rückkehr zu euch tust, gefällt mir nicht ganz; wenigstens möchte ich noch gern einen Umweg machen, besonders da wir anhaltenden Frost und gute Wege zu hoffen haben. Auch ist mir es sehr lieb, daß du kommen willst, mich abzuholen; verziehe nur noch vierzehn Tage, und erwarte noch einen Brief von mir mit dem Weiteren. Es ist nötig, daß nichts gepflückt werde, ehe es reif ist. Und vierzehn Tage auf oder ab tun viel. Meiner Mutter sollst du sagen: daß sie für ihren Sohn beten soll, und daß ich sie um Vergebung bitte wegen alles Verdrusses, den ich ihr gemacht habe. Das war nun mein Schicksal, die zu betrüben, denen ich Freude schuldig war. Leb' wohl, mein Teuerster! Allen Segen des Himmels über dich! Leb' wohl!«

Was in dieser Zeit in Lottens Seele vorging, wie ihre Gesinnungen gegen ihren Mann, gegen ihren unglücklichen Freund gewesen, getrauen wir uns kaum mit Worten auszudrücken, ob wir uns gleich davon, nach der Kenntnis ihres Charakters, wohl einen stillen Begriff machen können, und eine schöne weibliche Seele sich in die ihrige denken und mit ihr empfinden kann.

So viel ist gewiß, sie war fest bei sich entschlossen, alles zu tun, um Werthern zu entfernen, und wenn sie zauderte, so war es eine herzliche, freundschaftliche Schonung, weil sie wußte, wie viel es ihm kosten, ja daß es ihm beinahe unmöglich sein würde. Doch ward sie in dieser Zeit mehr gedrängt, Ernst zu machen; es schwieg ihr Mann ganz über dies Verhältnis, wie sie auch immer darüber geschwiegen hatte, und um so mehr war ihr angelegen, ihm durch die Tat zu beweisen, wie ihre Gesinnungen der seinigen wert seien.

An demselben Tage, als Werther den zuletzt eingeschalteten Brief an seinen Freund geschrieben, es war der Sonntag vor Weihnachten, kam er abends zu Lotten und fand sie allein. Sie beschäftigte sich, einige Spielwerke in Ordnung zu bringen, die sie ihren kleinen Geschwistern zum Christgeschenke zurecht gemacht hatte. Er redete von dem Vergnügen, das die Kleinen haben würden, und von den Zeiten, da einen die unerwartete Öffnung der Tür und die Erscheinung eines aufgeputzten Baumes mit Wachslichtern, Zuckerwerk und Äpfeln in paradiesische Entzückung setzte. – »Sie sollen«, sagte Lotte, indem sie ihre Verlegenheit unter ein liebes Lächeln verbarg, »Sie sollen auch beschert kriegen, wenn Sie recht geschickt sind; ein Wachsstöckchen und noch was.« – »Und was heißen Sie geschickt sein?« rief er aus; »wie soll ich sein? wie kann ich sein? beste Lotte!« – »Donnerstag abend«, sagte sie, »ist Weihnachtsabend, da kommen die Kinder, mein Vater auch, da kriegt jedes das Seinige, da kommen Sie auch – aber nicht eher.« – Werther stutzte. – »Ich bitte Sie«, fuhr sie fort, »es ist nun einmal so, ich bitte Sie um meiner Ruhe willen, es kann nicht, es kann nicht so bleiben.« – Er wendete seine Augen von ihr und ging in der Stube auf und ab und murmelte das »Es kann nicht so bleiben!« zwischen den Zähnen. – Lotte, die den schrecklichen Zustand fühlte, worein ihn diese Worte versetzt hatten, suchte durch allerlei Fragen seine Gedanken abzulenken, aber vergebens. – »Nein, Lotte«, rief er aus, »ich werde Sie nicht wiedersehen!« – »Warum das?« versetzte sie, »Werther, Sie können, Sie müssen uns wiedersehen, nur mäßigen Sie sich. O warum mußten Sie mit dieser Heftigkeit, dieser unbezwinglich haftenden Leidenschaft für alles, was Sie einmal anfassen, geboren werden! Ich bitte Sie«, fuhr sie fort, indem sie ihn bei der Hand nahm, »mäßigen Sie sich! Ihr Geist, Ihre Wissenschaften, Ihre Talente, was bieten die Ihnen für mannigfaltige Ergetzungen dar! Sein Sie ein Mann, wenden Sie diese traurige Anhänglichkeit von einem Geschöpf, das nichts tun kann als Sie bedauern.« – Er knirrte mit den Zähnen und sah sie düster an. – Sie hielt seine Hand. »Nur einen Augenblick ruhigen Sinn, Werther!« sagte sie. »Fühlen Sie nicht, daß Sie sich betriegen, sich mit Willen zugrunde richten! Warum denn mich, Werther? just mich, das Eigentum eines andern? just das? Ich fürchte, ich fürchte, es ist nur die Unmöglichkeit, mich zu besitzen, die Ihnen diesen Wunsch so reizend macht.« – Er zog seine Hand aus der ihrigen, indem er sie mit einem starren, unwilligen Blick ansah. »Weise!« rief er, »sehr weise! hat vielleicht Albert diese Anmerkung gemacht? Politisch! sehr politisch!« – »Es kann sie jeder machen.« versetzte sie drauf. »Und sollte denn in der weiten Welt kein Mädchen sein, das die Wünsche Ihres Herzens erfüllte? Gewinnen Sie's über sich, suchen Sie darnach, und ich schwöre Ihnen, Sie werden sie finden; denn schon lange ängstigt mich, für Sie und uns, die Einschränkung, in die Sie sich diese Zeit her selbst gebannt haben. Gewinnen Sie es über sich, eine Reise wird Sie, muß Sie zerstreuen! Suchen Sie, finden Sie einen werten Gegenstand Ihrer Liebe, und kehren Sie zurück, und lassen Sie uns zusammen die Seligkeit einer wahren Freundschaft genießen.«

»Das könnte man«, sagte er mit einem kalten Lachen, »drucken lassen und allen Hofmeistern empfehlen. Liebe Lotte! lassen Sie mir noch ein klein wenig Ruh, es wird alles werden!« – »Nur das, Werther, daß Sie nicht eher kommen als Weihnachtsabend!« – Er wollte antworten, und Albert trat in die Stube. Man bot sich einen frostigen Guten Abend und ging verlegen im Zimmer neben einander auf und nieder. Werther fing einen unbedeutenden Diskurs an, der bald aus war, Albert desgleichen, der sodann seine Frau nach gewissen Aufträgen fragte und, als er hörte, sie seien noch nicht ausgerichtet, ihr einige Worte sagte, die Werthern kalt, ja gar hart vorkamen. Er wollte gehen, er konnte nicht und zauderte bis acht, da sich denn sein Unmut und Unwillen immer vermehrte, bis der Tisch gedeckt wurde, und er Hut und Stock nahm. Albert lud ihn zu bleiben, er aber, der nur ein unbedeutendes Kompliment zu hören glaubte, dankte kalt dagegen und ging weg.

Er kam nach Hause, nahm seinem Burschen, der ihm leuchten wollte, das Licht aus der Hand und ging allein in sein Zimmer, weinte laut, redete aufgebracht mit sich selbst, ging heftig die Stube auf und ab und warf sich endlich in seinen Kleidern aufs Bette, wo ihn der Bediente fand, der es gegen eilfe wagte hineinzugehn, um zu fragen, ob er dem Herrn die Stiefeln ausziehen sollte, das er denn zuließ und dem Bedienten verbot, den andern Morgen ins Zimmer zu kommen, bis er ihm rufen würde.

Montags früh, den einundzwanzigsten Dezember, schrieb er folgenden Brief an Lotten, den man nach seinem Tode versiegelt auf seinem Schreibtische gefunden und ihr überbracht hat, und den ich absatzweise hier einrücken will, so wie aus den Umständen erhellet, daß er ihn geschrieben habe.

»Es ist beschlossen, Lotte, ich will sterben, und das schreibe ich dir ohne romantische Überspannung, gelassen, an dem Morgen des Tages, an dem ich dich zum letzten Male sehen werde. Wenn du dieses liesest, meine Beste, deckt schon das kühle Grab die erstarrten Reste des Unruhigen, Unglücklichen, der für die letzten Augenblicke seines Lebens keine größere Süßigkeit weiß, als sich mit dir zu unterhalten. Ich habe eine schreckliche Nacht gehabt und, ach, eine wohltätige Nacht. Sie ist es, die meinen Entschluß befestiget, bestimmt hat: ich will sterben! Wie ich mich gestern von dir riß, in der fürchterlichen Empörung meiner Sinne, wie sich alles das nach meinem Herzen drängte und mein hoffnungsloses, freudeloses Dasein neben dir in gräßlicher Kälte mich anpackte – ich erreichte kaum mein Zimmer, ich warf mich außer mir auf meine Knie, und o Gott! du gewährtest mir das letzte Labsal der bittersten Tränen! Tausend Anschläge, tausend Aussichten wüteten durch meine Seele, und zuletzt stand er da, fest, ganz, der letzte, einzige Gedanke: ich will sterben! – Ich legte mich nieder, und morgens, in der Ruhe des Erwachens, steht er noch fest, noch ganz stark in meinem Herzen: ich will sterben! – Es ist nicht Verzweiflung, es ist Gewißheit, daß ich ausgetragen habe, und daß ich mich opfere für dich. Ja, Lotte! warum sollte ich es verschweigen? Eins von uns dreien muß hinweg, und das will ich sein! O meine Beste! in diesem zerrissenen Herzen ist es wütend herumgeschlichen, oft – deinen Mann zu ermorden! – dich! – mich! – So sei es denn! – Wenn du hinaufsteigst auf den Berg, an einem schönen Sommerabende, dann erinnere dich meiner, wie ich so oft das Tal heraufkam, und dann blicke nach dem Kirchhofe hinüber nach meinem Grabe, wie der Wind das hohe Gras im Scheine der sinkenden Sonne hin und her wiegt. – Ich war ruhig, da ich anfing, nun, nun weine ich wie ein Kind, da alles das so lebhaft um mich wird. –«

Gegen zehn Uhr rief Werther seinem Bedienten, und unter dem Anziehen sagte er ihm, wie er in einigen Tagen verreisen würde, er solle daher die Kleider auskehren und alles zum Einpacken zurecht machen; auch gab er ihm Befehl, überall Kontos zu fordern, einige ausgeliehene Bücher abzuholen und einigen Armen, denen er wöchentlich etwas zu geben gewohnt war, ihr Zugeteiltes auf zwei Monate voraus zu bezahlen.

Er ließ sich das Essen auf die Stube bringen, und nach Tische ritt er hinaus zum Amtmanne, den er nicht zu Hause antraf. Er ging tiefsinnig im Garten auf und ab und schien noch zuletzt alle Schwermut der Erinnerung auf sich häufen zu wollen.

Die Kleinen ließen ihn nicht lange in Ruhe, sie verfolgten ihn, sprangen an ihm hinauf, erzählten ihm, daß, wenn morgen, und wieder morgen, und noch ein Tag wäre, sie die Christgeschenke bei Lotten holten, und erzählten ihm Wunder, die sich ihre kleine Einbildungskraft versprach. – »Morgen!« rief er aus, »und wieder morgen! und noch ein Tag!« – und küßte sie alle herzlich und wollte sie verlassen, als ihm der Kleine noch etwas in das Ohr sagen wollte. Der verriet ihm, die großen Brüder hätten schöne Neujahrswünsche geschrieben, so groß! und einen für den Papa, für Albert und Lotten einen und auch einen für Herrn Werther; die wollten sie am Neujahrstage früh überreichen. Das übermannte ihn, er schenkte jedem etwas, setzte sich zu Pferde, ließ den Alten grüßen und ritt mit Tränen in den Augen davon.

Gegen fünf kam er nach Hause, befahl der Magd, nach dem Feuer zu sehen und es bis in die Nacht zu unterhalten. Den Bedienten hieß er Bücher und Wäsche unten in den Koffer packen und die Kleider einnähen. Darauf schrieb er wahrscheinlich folgenden Absatz seines letzten Briefes an Lotten.

»Du erwartest mich nicht! du glaubst, ich würde gehorchen und erst Weihnachtsabend dich wieder sehn. O Lotte! heut oder nie mehr. Weihnachtsabend hältst du dieses Papier in deiner Hand, zitterst und benetzest es mit deinen lieben Tränen. Ich will, ich muß! O wie wohl ist es mir, daß ich entschlossen bin.«

Am Dreikönigsfest

Den 6. Januar [1787]

Daß ich auch einmal wieder von kirchlichen Dingen rede, so will ich erzählen, daß wir die Christnacht herumschwärmten und die Kirchen besuchten, wo Funktionen gehalten werden. Eine besonders ist sehr besucht, deren Orgel und Musik überhaupt so eingerichtet ist, daß zu einer Pastoralmusik nichts an Klängen abgeht, weder die Schalmeien der Hirten, noch das Zwitschern der Vögel, noch das Blöken der Schafe.

Am ersten Christfeste sah ich den Papst und die ganze Klerisei in der Peterskirche, da er zum Teil vor dem Thron, zum Teil vom Thron herab das Hochamt hielt. Es ist ein einziges Schauspiel in seiner Art, prächtig und würdig genug, ich bin aber im protestantischen Diogenismus so alt geworden, daß mir diese Herrlichkeit mehr nimmt als gibt; ich möchte auch wie mein frommer Vorfahre zu diesen geistlichen Weltüberwindern sagen: »Verdeckt mir doch nicht die Sonne höherer Kunst und reiner Menschheit.«

Heute, als am Dreikönigsfeste, habe ich die Messe nach griechischem Ritus vortragen sehen und hören. Die Zeremonien scheinen mir stattlicher, strenger, nachdenklicher und doch populärer als die lateinischen.

Auch da hab' ich wieder gefühlt, daß ich für alles zu alt bin, nur fürs Wahre nicht. Ihre Zeremonien und Opern, ihre Umgänge und Ballette, es fließt alles wie Wasser von einem Wachstuchmantel an mir herunter. Eine Wirkung der Natur hingegen wie der Sonnenuntergang, von Villa Madama gesehen, ein Werk der Kunst wie die viel verehrte Juno machen tiefen und bleibenden Eindruck.

Nun graut mir schon vor dem Theaterwesen. Die nächste Woche werden sieben Bühnen eröffnet. Anfossi ist selbst hier und gibt »Alexander in Indien«; auch wird ein »Cyrus« gegeben und die »Eroberung von Troja« als Ballett. Das wäre was für die Kinder.

Die zweite Flucht nach Ägypten

Im Schatten eines mächtigen Felsen saß Wilhelm an grauser, bedeutender Stelle, wo sich der steile Gebirgsweg um eine Ecke herum schnell nach der Tiefe wendete. Die Sonne stand noch hoch und erleuchtete die Gipfel der Fichten in den Felsengründen zu seinen Füßen. Er bemerkte eben etwas in seine Schreibtafel, als Felix, der umhergeklettert war, mit einem Stein in der Hand zu ihm kam. »Wie nennt man diesen Stein, Vater?« sagte der Knabe.

»Ich weiß nicht«, versetzte Wilhelm.

»Ist das wohl Gold, was darin so glänzt?« sagte jener.

»Es ist keins!« versetzte dieser, »und ich erinnere mich, daß es die Leute Katzengold nennen.«

»Katzengold!« sagte der Knabe lächelnd, »und warum?«

»Wahrscheinlich weil es falsch ist und man die Katzen auch für falsch hält.«

»Das will ich mir merken«, sagte der Sohn und steckte den Stein in die lederne Reisetasche, brachte jedoch sogleich etwas anders hervor und fragte: »Was ist das?« – »Eine Frucht«, versetzte der Vater, »und nach den Schuppen zu urteilen, sollte sie mit den Tannenzapfen verwandt sein.« – »Das sieht nicht aus wie ein Zapfen, es ist ja rund.« – »Wir wollen den Jäger fragen; die kennen den ganzen Wald und alle Früchte, wissen zu säen, zu pflanzen und zu warten, dann lassen sie die Stämme wachsen und groß werden, wie sie können.« – »Die Jäger wissen alles; gestern zeigte mir der Bote, wie ein Hirsch über den Weg gegangen sei, er rief mich zurück und ließ mich die Fährte bemerken, wie er es nannte; ich war darüber weggesprungen, nun aber sah ich deutlich ein paar Klauen eingedrückt; es mag ein großer Hirsch gewesen sein.« – »Ich hörte wohl, wie du den Boten ausfragtest.« – »Der wußte viel und ist doch kein Jäger. Ich aber will ein Jäger werden. Es ist gar zu schön, den ganzen Tag im Walde zu sein und die Vögel zu hören, zu wissen, wie sie heißen, wo ihre Nester sind, wie man die Eier aushebt oder die Jungen, wie man sie füttert und wenn man die Alten fängt: das ist gar zu lustig.«

Kaum war dieses gesprochen, so zeigte sich den schroffen Weg herab eine sonderbare Erscheinung. Zwei Knaben, schön wie der Tag, in farbigen Jäckchen, die man eher für aufgebundene Hemdchen gehalten hätte, sprangen einer nach dem andern herunter, und Wilhelm fand Gelegenheit, sie näher zu betrachten, als sie vor ihm stutzten und einen Augenblick stillhielten. Um des ältesten Haupt bewegten sich reiche blonde Locken, auf welche man zuerst blicken mußte, wenn man ihn sah, und dann zogen seine klarblauen Augen den Blick an sich, der sich mit Gefallen über seine schöne Gestalt verlor. Der zweite, mehr einen Freund als einen Bruder vorstellend, war mit braunen und schlichten Haaren geziert, die ihm über die Schultern herabhingen und wovon der Widerschein sich in seinen Augen zu spiegeln schien.

Wilhelm hatte nicht Zeit, diese beiden sonderbaren und in der Wildnis ganz unerwarteten Wesen näher zu betrachten, indem er eine männliche Stimme vernahm, welche um die Felsecke herum ernst, aber freundlich herabrief: »Warum steht ihr stille? versperrt uns den Weg nicht!«

Wilhelm sah aufwärts, und hatten ihn die Kinder

in Verwunderung gesetzt, so erfüllte ihn das, was ihm jetzt zu Augen kam, mit Erstaunen. Ein derber, tüchtiger, nicht allzu großer junger Mann, leicht geschürzt, von brauner Haut und schwarzen Haaren, trat kräftig und sorgfältig den Felsweg herab, indem er hinter sich einen Esel führte, der erst sein wohlgenährtes und wohlgeputztes Haupt zeigte, dann aber die schöne Last, die er trug, sehen ließ. Ein sanftes, liebenswürdiges Weib saß auf einem großen, wohlbeschlagenen Sattel; in einem blauen Mantel, der sie umgab, hielt sie ein Wochenkind, das sie an ihre Brust drückte und mit unbeschreiblicher Lieblichkeit betrachtete. Dem Führer ging's wie den Kindern: er stutzte einen Augenblick, als er Wilhelmen erblickte. Das Tier verzögerte seinen Schritt, aber der Abstieg war zu jäh, die Vorüberziehenden konnten nicht anhalten, und Wilhelm sah sie mit Verwunderung hinter der vorstehenden Felswand verschwinden.

Nichts war natürlicher, als daß ihn dieses seltsame Gesicht aus seinen Betrachtungen riß. Neugierig stand er auf und blickte von seiner Stelle nach der Tiefe hin, ob er sie nicht irgend wieder hervorkommen sähe. Und eben war er im Begriff, hinabzusteigen und diese sonderbaren Wandrer zu begrüßen, als Felix heraufkam und sagte: »Vater, darf ich nicht mit diesen Kindern in ihr Haus? Sie wollen mich mitnehmen. Du sollst auch mitgehen, hat der Mann zu mir gesagt. Komm! dort unten halten sie.«

»Ich will mit ihnen reden«, versetzte Wilhelm.

Er fand sie auf einer Stelle, wo der Weg weniger abhängig war, und verschlang mit den Augen die wunderlichen Bilder, die seine Aufmerksamkeit so sehr an sich gezogen hatten. Erst jetzt war es ihm möglich, noch einen und den andern besondern Umstand zu bemerken. Der junge, rüstige Mann hatte wirklich eine Polieraxt auf der Schulter und ein langes, schwankes eisernes Winkelmaß. Die Kinder trugen große Schilfbüschel, als wenn es Palmen wären; und wenn sie von dieser Seite den Engeln glichen, so schleppten sie auch wieder kleine Körbchen mit Eßwaren und glichen dadurch den täglichen Boten, wie sie über das Gebirg hin und her zu gehen pflegen. Auch hatte die Mutter, als er sie näher betrachtete, unter dem blauen Mantel ein rötliches, zart gefärbtes Unterkleid, so daß unser Freund die Flucht nach Ägypten, die er so oft gemalt gesehen, mit Verwunderung hier vor seinen Augen wirklich finden mußte.

Man begrüßte sich, und indem Wilhelm vor Erstaunen und Aufmerksamkeit nicht zu Wort kommen konnte, sagte der junge Mann: »Unsere Kinder haben in diesem Augenblicke schon Freundschaft gemacht. Wollt Ihr mit uns, um zu sehen, ob auch zwischen den Erwachsenen ein gutes Verhältnis entstehen könne?«

Wilhelm bedachte sich ein wenig und versetzte dann: »Der Anblick eures kleinen Familienzuges erregt Vertrauen und Neigung und, daß ich's nur gleich gestehe, ebensowohl Neugierde und ein lebhaftes Verlangen, euch näher kennen zu lernen. Denn im ersten Augenblicke möchte man bei sich die Frage aufwerfen, ob ihr wirkliche Wanderer oder ob ihr nur Geister seid, die sich ein Vergnügen daraus machen, dieses unwirtbare Gebirg durch angenehme Erscheinungen zu beleben.«

»So kommt mit in unsere Wohnung«, sagte jener. »Kommt mit!« riefen die Kinder, indem sie den Felix schon mit sich fortzogen. »Kommt mit!« sagte die Frau, indem sie ihre liebenswürdige Freundlichkeit von dem Säugling ab auf den Fremdling wendete.

Ohne sich zu bedenken, sagte Wilhelm: »Es tut mir leid, daß ich euch nicht sogleich folgen kann. Wenigstens diese Nacht noch muß ich oben auf dem Grenzhause zubringen. Mein Mantelsack, meine Papiere, alles liegt noch oben, ungepackt und unbesorgt. Damit ich aber Wunsch und Willen beweise, eurer freundlichen Einladung genugzutun, so gebe ich euch meinen Felix zum Pfande mit. Morgen bin ich bei euch. Wie weit ist's hin?«

»Vor Sonnenuntergang erreichen wir noch unsere Wohnung«, sagte der Zimmermann, »und von dem Grenzhause habt Ihr nur noch anderthalb Stunden. Euer Knabe vermehrt unsern Haushalt für diese Nacht; morgen erwarten wir Euch.«

Der Mann und das Tier setzten sich in Bewegung. Wilhelm sah seinen Felix mit Behagen in so guter Gesellschaft, er konnte ihn mit den lieben Engelein vergleichen, gegen die er kräftig abstach. Für seine Jahre war er nicht groß, aber stämmig, von breiter Brust und kräftigen Schultern; in seiner Natur war ein eigenes Gemisch von Herrschen und Dienen; er hatte schon einen Palmzweig und ein Körbchen ergriffen, womit er beides auszusprechen schien. Schon drohte der Zug abermals um eine Felswand zu verschwinden, als sich Wilhelm zusammennahm und nachrief: »Wie soll ich euch aber erfragen?«

»Fragt nur nach Sankt Joseph!« erscholl es aus der Tiefe, und die ganze Erscheinung war hinter den blauen Schattenwänden verschwunden. Ein frommer, mehrstimmiger Gesang tönte verhallend aus der Ferne, und Wilhelm glaubte die Stimme seines Felix zu unterscheiden.

Er stieg aufwärts und verspätete sich dadurch den Sonnenuntergang. Das himmlische Gestirn, das er mehr denn einmal verloren hatte, erleuchtete ihn wieder, als er höher trat, und noch war es Tag, als er an seiner Herberge anlangte. Nochmals erfreute er sich der großen Gebirgsansicht und zog sich sodann auf sein Zimmer zurück, wo er sogleich die Feder ergriff und einen Teil der Nacht mit Schreiben zubrachte.

[...]

Schon hatte der Wanderer, seinem Boten auf dem Fuße folgend, steile Felsen hinter und über sich gelassen, schon durchstrichen sie ein sanfteres Mittelgebirg und eilten durch manchen wohlbestandnen Wald, durch manchen freundlichen Wiesengrund immer vorwärts, bis sie sich endlich an einem Abhange befanden und in ein sorgfältig bebautes, von Hügeln rings umschlossenes Tal hinabschauten. Ein großes, halb in Trümmern liegendes, halb wohlerhaltenes Klostergebäude zog sogleich die Aufmerksamkeit an sich. »Dies ist Sankt Joseph«, sagte der Bote; »jammerschade für die schöne Kirche! Seht nur, wie ihre Säulen und Pfeiler durch Gebüsch und Bäume noch so wohlerhalten durchsehen, ob sie gleich schon viele hundert Jahre im Schutt liegt.«

»Die Klostergebäude hingegen«, versetzte Wilhelm, »sehe ich, sind noch wohl erhalten.« – »Ja«, sagte der andere, »es wohnt ein Schaffner daselbst, der die Wirtschaft besorgt, die Zinsen und Zehnten einnimmt, welche man weit und breit hierher zu zahlen hat.«

Unter diesen Worten waren sie durch das offene Tor in den geräumigen Hof gelangt, der, von ernsthaften, wohlerhaltenen Gebäuden umgeben, sich als Aufenthalt einer ruhigen Sammlung ankündigte. Seinen Felix mit den Engeln von gestern sah er sogleich beschäftigt um einen Tragkorb, den eine rüstige Frau vor sich gestellt hatte; sie waren im Begriff, Kirschen zu handeln; eigentlich aber feilschte Felix, der immer etwas Geld bei sich führte. Nun machte er sogleich als Gast den Wirt, spendete reichliche Früchte an seine Gespielen, selbst dem Vater war die Erquickung angenehm, mitten in diesen unfruchtbaren Mooswäldern, wo die farbigen, glänzenden Früchte noch einmal so schön erschienen. Sie trage solche weit herauf aus einem großen Garten, bemerkte die Verkäuferin, um den Preis annehmlich zu machen, der den Käufern etwas zu hoch geschienen hatte. Der Vater werde bald zurückkommen, sagten die Kinder, er solle nur einstweilen in den Saal gehen und dort ausruhen.

Wie verwundert war jedoch Wilhelm, als die Kinder ihn zu dem Raume führten, den sie den Saal nannten. Gleich aus dem Hofe ging es zu einer großen Tür hinein, und unser Wanderer fand sich in einer sehr reinlichen, wohlerhaltenen Kapelle, die aber, wie er wohl sah, zum häuslichen Gebrauch des täglichen Lebens eingerichtet war. An der einen Seite stand ein Tisch, ein Sessel, mehrere Stühle und Bänke, an der andern Seite ein wohlgeschnitztes Gerüst mit bunter Töpferware, Krügen und Gläsern. Es fehlte nicht an einigen Truhen und

Kisten und, so ordentlich alles war, doch nicht an dem Einladenden des häuslichen, täglichen Lebens. Das Licht fiel von hohen Fenstern an der Seite herein. Was aber die Aufmerksamkeit des Wanderers am meisten erregte, waren farbige, auf die Wand gemalte Bilder, die unter den Fenstern in ziemlicher Höhe, wie Teppiche, um drei Teile der Kapelle herumreichten und bis auf ein Getäfel herabgingen, das die übrige Wand bis zur Erde bedeckte. Die Gemälde stellten die Geschichte des heiligen Joseph vor. Hier sah man ihn mit einer Zimmerarbeit beschäftigt; hier begegnete er Marien, und eine Lilie sproßte zwischen beiden aus dem Boden, indem einige Engel sie lauschend umschwebten. Hier wird er getraut; es folgt der englische Gruß. Hier sitzt er mißmutig zwischen angefangener Arbeit, läßt die Axt ruhen und sinnt darauf, seine Gattin zu verlassen. Zunächst erscheint ihm aber der Engel im Traum, und seine Lage ändert sich. Mit Andacht betrachtet er das neugeborene Kind im Stalle zu Bethlehem und betet es an. Bald darauf folgt ein wundersam schönes Bild. Man sieht mancherlei Holz gezimmert; eben soll es zusammengesetzt werden, und zufälligerweise bilden ein paar Stücke ein Kreuz. Das Kind ist auf dem Kreuze eingeschlafen, die Mutter sitzt daneben und betrachtet es mit inniger Liebe, und der Pflegevater hält mit der Arbeit inne, um den Schlaf nicht zu stören. Gleich darauf folgt die Flucht nach Ägypten. Sie erregte bei dem beschauenden Wanderer ein Lächeln, indem er die Wiederholung des gestrigen lebendigen Bildes hier an der Wand sah.

Nicht lange war er seinen Betrachtungen überlassen, so trat der Wirt herein, den er sogleich als den Führer der heiligen Karawane wiedererkannte. Sie begrüßten sich aufs herzlichste, mancherlei Gespräche folgten; doch Wilhelms Aufmerksamkeit blieb auf die Gemälde gerichtet. Der Wirt merkte das Interesse seines Gastes und fing lächelnd an: »Gewiß, Ihr bewundert die Übereinstimmung dieses Gebäudes mit seinen Bewohnern, die Ihr gestern kennenlerntet. Sie ist aber vielleicht noch sonderbarer, als man vermuten sollte: das Gebäude hat eigentlich die Bewohner gemacht. Denn wenn das Leblose lebendig ist, so kann es auch wohl Lebendiges hervorbringen.«

»O ja!« versetzte Wilhelm. »Es sollte mich wundern, wenn der Geist, der vor Jahrhunderten in dieser Bergöde so gewaltig wirkte und einen so mächtigen Körper von Gebäuden, Besitzungen und Rechten an sich zog und dafür mannigfaltige Bildung in der Gegend verbreitete, es sollte mich wundern, wenn er nicht auch aus diesen Trümmern noch seine Lebenskraft auf ein lebendiges Wesen ausübte. Laßt uns jedoch nicht im Allgemeinen verharren, macht mich mit Eurer Geschichte bekannt, damit ich erfahre, wie es möglich war, daß ohne Spielerei und Anmaßung die Vergangenheit sich wieder in Euch darstellt und das, was vorüberging, abermals herantritt.«

Eben als Wilhelm belehrende Antwort von den Lippen seines Wirtes erwartete, rief eine freundliche Stimme im Hofe den Namen Joseph. Der Wirt hörte darauf und ging nach der Tür.

»Also heißt er auch Joseph!« sagte Wilhelm zu sich selbst. »Das ist doch sonderbar genug und doch eben nicht so sonderbar, als daß er seinen Heiligen im Leben darstellt.« Er blickte zu gleicher Zeit nach der Türe und sah die Mutter Gottes von gestern mit dem Manne sprechen. Sie trennten sich endlich: die Frau ging nach der gegenüberstehenden Wohnung. »Marie!« rief er ihr nach, »nur noch ein Wort!« – »Also heißt sie auch Marie!« dachte Wilhelm; »es fehlt nicht viel, so fühle ich mich achtzehnhundert Jahre zurückversetzt.« Er dachte sich das ernsthaft eingeschlossene Tal, in dem er sich befand, die Trümmer und die Stille, und eine wundersam altertümliche Stimmung überfiel ihn. Es war Zeit, daß der Wirt und die Kinder hereintraten. Die letztern forderten Wilhelm zu einem Spaziergange auf, indes der Wirt noch einigen Geschäften vorstehen wollte. Nun ging es durch die Ruinen des säulenreichen Kirchengebäudes, dessen hohe Giebel und Wände sich in Wind und Wetter zu befestigen schienen, indessen sich starke Bäume von alters her auf den breiten Mauerrücken eingewurzelt hatten und in Gesellschaft von mancherlei Gras, Blumen und Moos kühn in der Luft hängende Gärten vorstellten. Sanfte Wiesenpfade führten einen lebhaften Bach hinan, und von einiger Höhe konnte der Wanderer nun das Gebäude nebst seiner Lage mit so mehr Interesse überschauen, als ihm dessen Bewohner immer merkwürdiger geworden und durch die Harmonie mit ihrer Umgebung seine lebhafteste Neugier erregt hatten.

Man kehrte zurück und fand in dem frommen

Saal einen Tisch gedeckt. Obenan stand ein Lehnsessel, in den sich die Hausfrau niederließ. Neben sich hatte sie einen hohen Korb stehen, in welchem das kleine Kind lag; den Vater sodann zur linken Hand und Wilhelm zur rechten. Die drei Kinder besetzten den untern Raum des Tisches. Eine alte Magd brachte ein wohlzubereitetes Essen. Speise- und Trinkgeschirr deuteten gleichfalls auf vergangene Zeit. Die Kinder gaben Anlaß zur Unterhaltung, indessen Wilhelm die Gestalt und das Betragen seiner heiligen Wirtin nicht genugsam beobachten konnte.

Nach Tische zerstreute sich die Gesellschaft; der Wirt führte seinen Gast an eine schattige Stelle der Ruine, wo man von einem erhöhten Platze die angenehme Aussicht das Tal hinab vollkommen vor sich hatte und die Berghöhen des untern Landes mit ihren fruchtbaren Abhängen und waldigen Rücken hintereinander hinausgeschoben sah. »Es ist billig«, sagte der Wirt, »daß ich Ihre Neugierde befriedige, um so mehr, als ich an Ihnen fühle, daß Sie imstande sind, auch das Wunderliche ernsthaft zu nehmen, wenn es auf einem ernsten Grunde beruht. Diese geistliche Anstalt, von der Sie noch die

Reste sehen, war der heiligen Familie gewidmet und vor alters als Wallfahrt wegen mancher Wunder berühmt. Die Kirche war der Mutter und dem Sohne geweiht. Sie ist schon seit mehreren Jahrhunderten zerstört. Die Kapelle, dem heiligen Pflegevater gewidmet, hat sich erhalten, so auch der brauchbare Teil der Klostergebäude. Die Einkünfte bezieht schon seit geraumen Jahren ein weltlicher Fürst, der seinen Schaffner hier oben hält, und der bin ich, Sohn des vorigen Schaffners, der gleichfalls seinem Vater in dieser Stelle nachfolgte.

Der heilige Joseph, obgleich jede kirchliche Verehrung hier oben lange aufgehört hatte, war gegen unsere Familie so wohltätig gewesen, daß man sich nicht verwundern darf, wenn man sich besonders gut gegen ihn gesinnt fühlte; und daher kam es, daß man mich in der Taufe Joseph nannte und dadurch gewissermaßen meine Lebensweise bestimmte. Ich wuchs heran, und wenn ich mich zu meinem Vater gesellte, indem er die Einnahmen besorgte, so schloß ich mich ebenso gern, ja noch lieber an meine Mutter an, welche nach Vermögen gern ausspendete und durch ihren guten Willen und durch ihre Wohltaten im ganzen Gebirge bekannt und geliebt war. Sie schickte mich bald da-, bald dorthin, bald zu bringen, bald zu bestellen, bald zu besorgen, und ich fand mich sehr leicht in diese Art von frommem Gewerbe.

Überhaupt hat das Gebirgsleben etwas Menschlicheres als das Leben auf dem flachen Lande. Die Bewohner sind einander näher und, wenn man will, auch ferner; die Bedürfnisse geringer, aber dringender. Der Mensch ist mehr auf sich gestellt, seinen Händen, seinen Füßen muß er vertrauen lernen. Der Arbeiter, der Bote, der Lastträger, alle vereinigen sich in einer Person; auch steht jeder dem andern näher, begegnet ihm öfter und lebt mit ihm in einem gemeinsamen Treiben.

Da ich noch jung war und meine Schultern nicht viel zu schleppen vermochten, fiel ich darauf, einen kleinen Esel mit Körben zu versehen und vor mir her die steilen Fußpfade hinauf und hinab zu treiben. Der Esel ist im Gebirg kein so verächtlich Tier als im flachen Lande, wo der Knecht, der mit Pferden pflügt, sich für besser hält als den andern, der den Acker mit Ochsen umreißt. Und ich ging um so mehr ohne Bedenken hinter meinem Tiere her, als ich in der Kapelle früh bemerkt hatte, daß es zu der

Ehre gelangt war, Gott und seine Mutter zu tragen. Doch war diese Kapelle damals nicht in dem Zustande, in welchem sie sich gegenwärtig befindet. Sie ward als ein Schuppen, ja fast wie ein Stall behandelt. Brennholz, Stangen, Gerätschaften, Tonnen und Leitern, und was man nur wollte, war übereinander geschoben. Glücklicherweise, daß die Gemälde so hoch stehen und die Täfelung etwas aushält. Aber schon als Kind erfreute ich mich besonders, über alles das Gehölz hin und her zu klettern und die Bilder zu betrachten, die mir niemand recht auslegen konnte. Genug, ich wußte, daß der Heilige, dessen Leben oben gezeichnet war, mein Pate sei, und ich erfreute mich an ihm, als ob er mein Onkel gewesen wäre. Ich wuchs heran, und weil es eine besondere Bedingung war, daß der, welcher an das einträgliche Schaffneramt Anspruch machen wollte, ein Handwerk ausüben mußte, so sollte ich, dem Willen meiner Eltern gemäß, welche wünschten, daß künftig diese gute Pfründe auf mich erben möchte, ein Handwerk lernen, und zwar ein solches, das zugleich hier oben in der Wirtschaft nützlich wäre.

Mein Vater war Böttich er und schaffte alles, was

von dieser Arbeit nötig war, selbst, woraus ihm und dem Ganzen großer Vorteil erwuchs. Allein ich konnte mich nicht entschließen, ihm darin nachzufolgen. Mein Verlangen zog mich unwiderstehlich nach dem Zimmerhandwerke, wovon ich das Arbeitszeug so umständlich und genau, von Jugend auf, neben meinem Heiligen gemalt gesehen. Ich erklärte meinen Wunsch; man war mir nicht entgegen, um so weniger, als bei so mancherlei Baulichkeiten der Zimmermann oft von uns in Anspruch genommen ward, ja bei einigem Geschick und Liebe zu feinerer Arbeit, besonders in Waldgegenden, die Tischler- und sogar die Schnitzerkünste ganz nahe liegen. Und was mich noch mehr in meinen höhern Aussichten bestärkte, war jenes Gemälde, das leider nunmehr fast ganz verloschen ist. Sobald Sie wissen, was es vorstellen soll, so werden Sie sich's entziffern können, wenn ich Sie nachher davor führe. Dem heiligen Joseph war nichts Geringeres aufgetragen, als einen Thron für den König Herodes zu machen. Zwischen zwei gegebenen Säulen soll der Prachtsitz aufgeführt werden. Joseph nimmt sorgfältig das Maß von Breite und Höhe und arbeitet einen köstlichen Königsthron.

Aber wie erstaunt ist er, wie verlegen, als er den Prachtsessel herbeischafft: er findet sich zu hoch und nicht breit genug. Mit König Herodes war, wie bekannt, nicht zu spaßen; der fromme Zimmermeister ist in der größten Verlegenheit. Das Christkind, gewohnt, ihn überallhin zu begleiten, ihm in kindlich demütigem Spiel die Werkzeuge nachzutragen, bemerkt seine Not und ist gleich mit Rat und Tat bei der Hand. Das Wunderkind verlangt vom Pflegevater, er solle den Thron an der einen Seite fassen; es greift in die andere Seite des Schnitzwerks, und beide fangen an zu ziehen. Sehr leicht und bequem, als wär' er von Leder, zieht sich der Thron in die Breite, verliert verhältnismäßig an der Höhe und paßt ganz vortrefflich an Ort und Stelle, zum größten Troste des beruhigten Meisters und zur vollkommenen Zufriedenheit des Königs.

Jener Thron war in meiner Jugend noch recht gut zu sehen, und an den Resten der einen Seite werden Sie bemerken können, daß am Schnitzwerk nichts gespart war, das freilich dem Maler leichter fallen mußte, als es dem Zimmermann gewesen wäre, wenn man es von ihm verlangt hätte.

Hieraus zog ich aber keine Bedenklichkeit, sondern ich erblickte das Handwerk, dem ich mich gewidmet hatte, in einem so ehrenvollen Lichte, daß ich nicht erwarten konnte, bis man mich in die Lehre tat; welches um so leichter auszuführen war, als in der Nachbarschaft ein Meister wohnte, der für die ganze Gegend arbeitete und mehrere Gesellen und Lehrburschen beschäftigen konnte. Ich blieb also in der Nähe meiner Eltern und setzte gewissermaßen mein voriges Leben fort, indem ich Feierstunden und Feiertage zu den wohltätigen Botschaften, die mir meine Mutter aufzutragen fortfuhr, verwendete.«

Die Heimsuchung

»So vergingen einige Jahre«, fuhr der Erzähler fort. »Ich begriff die Vorteile des Handwerks sehr bald, und mein Körper, durch Arbeit ausgebildet, war imstande, alles zu übernehmen, was dabei gefordert wurde. Nebenher versah ich meinen alten Dienst, den ich der guten Mutter, oder vielmehr Kranken und Notdürftigen leistete. Ich zog mit meinem Tier durchs Gebirg, verteilte die Ladung pünktlich und nahm von Krämern und Kaufleuten rückwärts mit, was uns hier oben fehlte. Mein Meister war zufrieden mit mir und meine Eltern auch. Schon hatte ich das Vergnügen, auf meinen Wanderungen manches Haus zu sehen, das ich mit aufgeführt, das ich verziert hatte. Denn besonders dieses letzte Einkerben der Balken, dieses Einschneiden von gewissen einfachen Formen, dieses Einbrennen zierender Figuren, dieses Rotmalen einiger Vertiefungen, wodurch ein hölzernes Berghaus den so lustigen Anblick gewährt, solche Künste waren mir besonders übertragen, weil ich mich am besten aus der Sache zog, der ich immer den Thron Herodes' und seine Zieraten im Sinne hatte.

Unter den hilfsbedürftigen Personen, für die meine Mutter eine vorzügliche Sorge trug, standen besonders junge Frauen obenan, die sich guter Hoffnung befanden, wie ich nach und nach wohl bemerken konnte, ob man schon in solchen Fällen die Botschaften gegen mich geheimnisvoll zu behandeln pflegte. Ich hatte dabei niemals einen unmittelbaren Auftrag, sondern alles ging durch ein gutes Weib, welche nicht fern das Tal hinab wohnte und Frau Elisabeth genannt wurde. Meine Mutter, selbst in der Kunst erfahren, die so manchen gleich beim Eintritt in das Leben zum Leben rettet, stand mit Frau Elisabeth in fortdauernd gutem Vernehmen, und ich mußte oft von allen Seiten hören, daß mancher unserer rüstigen Bergbewohner diesen beiden Frauen sein Dasein zu danken habe. Das Geheimnis, womit mich Elisabeth jederzeit empfing, die bündigen Antworten auf meine rätselhaften Fragen, die ich selbst nicht verstand, erregten mir sonderbare Ehrfurcht für sie, und ihr Haus, das höchst reinlich war, schien mir eine Art von kleinem Heiligtume vorzustellen.

Indessen hatte ich durch meine Kenntnisse und Handwerkstätigkeit in der Familie ziemlichen Einfluß gewonnen. Wie mein Vater als Bötticher für den Keller gesorgt hatte, so sorgte ich nun für Dach und Fach und verbesserte manchen schadhaften Teil der alten Gebäude. Besonders wußte ich einige verfallene Scheuern und Remisen für den häuslichen Gebrauch wieder nutzbar zu machen; und kaum war dieses geschehen, als ich meine geliebte Kapelle zu räumen und zu reinigen anfing. In wenigen Tagen war sie in Ordnung, fast wie Ihr sie sehet; wobei ich mich bemühte, die fehlenden oder beschädigten Teile des Täfelwerks dem Ganzen gleich wiederherzustellen. Auch solltet Ihr diese Flügeltüren des Eingangs wohl für alt genug halten; sie sind aber von meiner Arbeit. Ich habe mehrere Jahre zugebracht, sie in ruhigen Stunden zu schnitzen, nachdem ich sie vorher aus starken eichenen Bohlen im ganzen tüchtig zusammengefügt hatte. Was bis zu dieser Zeit von Gemälden nicht beschädigt oder verloschen war, hat sich auch noch erhalten, und ich half dem Glasmeister bei einem neuen Bau, mit der Bedingung, daß er bunte Fenster herstellte.

Hatten jene Bilder und die Gedanken an das Leben des Heiligen meine Einbildungskraft beschäftigt, so drückte sich das alles nur viel lebhafter bei mir ein, als ich den Raum wieder für ein Heiligtum ansehen, darin, besonders zur Sommerszeit, verweilen und über das, was ich sah oder vermutete, mit Muße nachdenken konnte. Es lag eine unwiderstehliche Neigung in mir, diesem Heiligen nachzufolgen; und da sich ähnliche Begebenheiten nicht leicht herbeirufen ließen, so wollte ich wenigstens von unten auf anfangen, ihm zu gleichen: wie ich denn wirklich durch den Gebrauch des lastbaren Tiers schon lange begonnen hatte. Das kleine Geschöpf, dessen ich mich bisher bedient, wollte mir nicht mehr genügen; ich suchte mir einen viel stattlicheren Träger aus, sorgte für einen wohlgebauten Sattel, der zum Reiten wie zum Packen gleich bequem war. Ein paar neue Körbe wurden angeschafft, und ein Netz von bunten Schnüren, Flocken und Quasten, mit klingenden Metallstiften untermischt, zierte den Hals des langohrigen Geschöpfs, das sich nun bald neben seinem Musterbilde an der Wand zeigen durfte. Niemanden fiel ein, über mich zu spotten, wenn ich in diesem Aufzuge durchs Gebirge kam: denn man erlaubt ja gern der Wohltätigkeit eine wunderliche Außenseite.

Indessen hatte sich der Krieg, oder vielmehr die Folge desselben, unserer Gegend genähert, indem verschiedenemal gefährliche Rotten von verlaufenem Gesindel sich versammelten und hie und da manche Gewalttätigkeit, manchen Mutwillen ausübten. Durch die gute Anstalt der Landmiliz, durch Streifungen und augenblickliche Wachsamkeit wurde dem Übel zwar bald gesteuert; doch verfiel man zu geschwind wieder in Sorglosigkeit, und ehe man sich's versah, brachen wieder neue Übeltaten hervor.

Lange war es in unserer Gegend still gewesen, und ich zog mit meinem Saumrosse ruhig die gewohnten Pfade, bis ich eines Tages über die frisch besäte Waldblöße kam und an dem Rande des Hegegrabens eine weibliche Gestalt sitzend oder vielmehr liegend fand. Sie schien zu schlafen oder ohnmächtig zu sein. Ich bemühte mich um sie, und als sie ihre schönen Augen aufschlug und sich in die Höhe richtete, rief sie mit Lebhaftigkeit aus: ›Wo ist er? habt Ihr ihn gesehen?‹ Ich fragte: ›Wen?‹ Sie versetzte: ›Meinen Mann!‹ Bei ihrem höchst jugendlichen Ansehen war mir diese Antwort unerwartet; doch fuhr ich nur um desto lieber fort, ihr beizustehen und sie meiner Teilnahme zu versichern. Ich vernahm, daß die beiden Reisenden sich wegen der beschwerlichen Fuhrwege von ihrem Wagen entfernt gehabt, um einen nähern Fußweg einzuschlagen. In der Nähe seien sie von Bewaffneten überfallen worden, ihr Mann habe sich fechtend entfernt, sie habe ihm nicht weit folgen können und sei an dieser Stelle liegengeblieben, sie wisse nicht wie lange. Sie bitte mich inständig, sie zu verlassen und ihrem Manne nachzueilen. Sie richtete sich auf ihre Füße, und die schönste, liebenswürdigste Gestalt stand vor mir; doch konnte ich leicht bemerken, daß sie sich in einem Zustande befinde, in welchem sie die Beihülfe meiner Mutter und der Frau Elisabeth wohl bald bedürfen möchte. Wir stritten uns eine Weile: denn ich verlangte, sie erst in Sicherheit zu bringen; sie verlangte zuerst Nachricht von ihrem Manne. Sie wollte sich von seiner Spur nicht entfernen, und alle meine Vorstellungen hätten vielleicht nicht gefruchtet, wenn nicht eben ein Kommando unserer Miliz, welche durch die Nachricht von neuen Übeltaten rege geworden war, sich durch den Wald her bewegt hätte. Diese wurden unterrichtet, mit ihnen das Nötige verabredet, der Ort des Zusammentreffens bestimmt und so für diesmal die Sache geschlichtet. Geschwind versteckte ich meine Körbe in eine benachbarte Höhle, die mir schon öfters zur Niederlage gedient hatte, richtete meinen Sattel zum bequemen Sitz und hob, nicht ohne eine sonderbare Empfindung, die schöne Last auf mein williges Tier, das die gewohnten Pfade sogleich von selbst zu finden wußte und mir Gelegenheit gab, nebenher zu gehen.

Ihr denkt, ohne daß ich es weitläufig beschreibe,

wie wunderlich mir zumute war. Was ich so lange gesucht, hatte ich wirklich gefunden. Es war mir, als wenn ich träumte, und dann gleich wieder, als ob ich aus einem Traume erwachte. Diese himmlische Gestalt, wie ich sie gleichsam in der Luft schweben und vor den grünen Bäumen sich her bewegen sah, kam mir jetzt wie ein Traum vor, der durch jene Bilder in der Kapelle sich in meiner Seele erzeugte. Bald schienen mir jene Bilder nur Träume gewesen zu sein, die sich hier in eine schöne Wirklichkeit auflösten. Ich fragte sie manches, sie antwortete mir sanft und gefällig, wie es einer anständig Betrübten ziemt. Oft bat sie mich, wenn wir auf eine entblößte Höhe kamen, stillezuhalten, mich umzusehen, zu horchen. Sie bat mich mit solcher Anmut, mit einem solchen tief wünschenden Blick unter ihren langen schwarzen Augenwimpern hervor, daß ich alles tun mußte, was nur möglich war; ja ich erkletterte eine freistehende, hohe, astlose Fichte. Nie war mir dieses Kunststück meines Handwerks willkommener gewesen; nie hatte ich mit mehr Zufriedenheit von ähnlichen Gipfeln, bei Festen und Jahrmärkten, Bänder und seidene Tücher heruntergeholt. Doch kam ich diesesmal leider ohne Ausbeute; auch oben sah und hörte ich nichts. Endlich rief sie selbst mir, herabzukommen, und winkte gar lebhaft mit der Hand; ja, als ich endlich beim Herabgleiten mich in ziemlicher Höhe losließ und heruntersprang, tat sie einen Schrei, und eine süße Freundlichkeit verbreitete sich über ihr Gesicht, da sie mich unbeschädigt vor sich sah.

Was soll ich Euch lange von den hundert Aufmerksamkeiten unterhalten, womit ich ihr den ganzen Weg über angenehm zu werden, sie zu zerstreuen suchte. Und wie könnte ich es auch! denn das ist eben die Eigenschaft der wahren Aufmerksamkeit, daß sie im Augenblick das Nichts zu Allem macht. Für mein Gefühl waren die Blumen, die ich ihr brach, die fernen Gegenden, die ich ihr zeigte, die Berge, die Wälder, die ich ihr nannte, so viel kostbare Schätze, die ich ihr zuzueignen dachte, um mich mit ihr in Verhältnis zu setzen, wie man es durch Geschenke zu tun sucht.

Schon hatte sie mich für das ganze Leben gewonnen, als wir in dem Orte vor der Türe jener guten Frau anlangten und ich schon eine schmerzliche Trennung vor mir sah. Nochmals durchlief ich ihre ganze Gestalt, und als meine Augen an den

Fuß herabkamen, bückte ich mich, als wenn ich etwas am Gurte zu tun hätte, und küßte den niedlichsten Schuh, den ich in meinem Leben gesehen hatte, doch ohne daß sie es merkte. Ich half ihr herunter, sprang die Stufen hinauf und rief in die Haustüre: ›Frau Elisabeth, Ihr werdet heimgesucht!‹ Die Gute trat hervor, und ich sah ihr über die Schultern zum Hause hinaus, wie das schöne Wesen die Stufen heraufstieg, mit anmutiger Trauer und innerlichem schmerzlichem Selbstgefühl, dann meine würdige Alte freundlich umarmte und sich von ihr in das bessere Zimmer leiten ließ. Sie schlossen sich ein, und ich stand bei meinem Esel vor der Tür, wie einer, der kostbare Waren abgeladen hat und wieder ein ebenso armer Treiber ist als vorher.«

Der Lilienstengel

»Ich zauderte noch, mich zu entfernen, denn ich war unschlüssig, was ich tun sollte, als Frau Elisabeth unter die Türe trat und mich ersuchte, meine Mutter zu ihr zu berufen, alsdann umherzugehen und wo möglich von dem Manne Nachricht zu geben. ›Marie läßt Euch gar sehr darum ersuchen‹, sagte sie. – ›Kann ich sie nicht noch einmal selbst sprechen?‹ versetzte ich. – ›Das geht nicht an‹, sagte Frau Elisabeth, und wir trennten uns. In kurzer Zeit erreichte ich unsere Wohnung; meine Mutter war bereit, noch diesen Abend hinabzugehen und der jungen Fremden hülfreich zu sein. Ich eilte nach dem Lande hinunter und hoffte, bei dem Amtmann die sichersten Nachrichten zu erhalten. Allein er war noch selbst in Ungewißheit, und weil er mich kannte, hieß er mich die Nacht bei ihm verweilen. Sie ward mir unendlich lang, und immer hatte ich die schöne Gestalt vor Augen, wie sie auf dem Tiere schwankte und so schmerzhaft freundlich zu mir heruntersah. Jeden Augenblick hofft' ich auf Nachricht. Ich gönnte und wünschte dem guten Ehemann das Leben, und doch mochte ich sie mir so gern als Witwe denken. Das streifende Kommando fand sich nach und nach zusammen, und nach mancherlei abwechselnden Gerüchten zeigte sich endlich die Gewißheit, daß der Wagen gerettet, der unglückliche Gatte aber an seinen Wunden in dem benachbarten Dorfe gestorben sei. Auch vernahm ich, daß nach der früheren Abrede einige gegangen waren, diese Trauerbotschaft der Frau Elisabeth zu verkündigen. Also hatte ich dort nichts mehr zu tun noch zu leisten, und doch trieb mich eine unendliche Ungeduld, ein unermeßliches Verlangen durch Berg und Wald wieder vor ihre Türe. Es war Nacht, das Haus verschlossen, ich sah Licht in den Zimmern, ich sah Schatten sich an den Vorhängen bewegen, und so saß ich gegenüber auf einer Bank, immer im Begriff anzuklopfen und immer von mancherlei Betrachtungen zurückgehalten.

Jedoch was erzähl' ich umständlich weiter, was eigentlich kein Interesse hat. Genug, auch am folgenden Morgen nahm man mich nicht ins Haus auf. Man wußte die traurige Nachricht, man bedurfte meiner nicht mehr; man schickte mich zu meinem Vater, an meine Arbeit; man antwortete nicht auf meine Fragen; man wollte mich los sein.

Acht Tage hatte man es so mit mir getrieben, als mich endlich Frau Elisabeth hereinrief. ›Tretet sachte auf, mein Freund‹, sagte sie, ›aber kommt getrost näher!‹ Sie führte mich in ein reinliches Zimmer, wo ich in der Ecke durch halbgeöffnete Bettvorhänge meine Schöne aufrecht sitzen sah. Frau Elisabeth trat zu ihr, gleichsam um mich zu melden, hub etwas vom Bette auf und brachte mir's entgegen: in das weißeste Zeug gewickelt den schönsten Knaben. Frau Elisabeth hielt ihn gerade zwischen mich und die Mutter, und auf der Stelle fiel mir der Lilienstengel ein, der sich auf dem Bilde zwischen Maria und Joseph als Zeuge eines reinen Verhältnisses aus der Erde hebt. Von dem Augenblicke an war mir aller Druck vom Herzen genommen; ich war meiner Sache, ich war meines Glücks gewiß. Ich konnte mit Freiheit zu ihr treten, mit ihr sprechen, ihr himmlisches Auge ertragen, den Knaben auf den Arm nehmen und ihm einen herzlichen Kuß auf die Stirn drücken.

›Wie danke ich Euch für Eure Neigung zu diesem verwaisten Kinde!‹ sagte die Mutter. – Unbedachtsam und lebhaft rief ich aus: ›Es ist keine Waise mehr, wenn Ihr wollt!‹

Frau Elisabeth, klüger als ich, nahm mir das Kind ab und wußte mich zu entfernen.

Noch immer dient mir das Andenken jener Zeit zur glücklichsten Unterhaltung, wenn ich unsere Berge und Täler zu durchwandern genötigt bin. Noch weiß ich mir den kleinsten Umstand zurückzurufen, womit ich Euch jedoch, wie billig, verschone. Wochen gingen vorüber; Maria hatte sich erholt, ich konnte sie öfter sehen, mein Umgang mit ihr war eine Folge von Diensten und Aufmerksamkeiten. Ihre Familienverhältnisse erlaubten ihr einen Wohnort nach Belieben. Erst verweilte sie bei Frau Elisabeth; dann besuchte sie uns, meiner Mutter und mir für so vielen und freundlichen Beistand zu danken. Sie gefiel sich bei uns, und ich schmeichelte mir, es geschehe zum Teil um meinetwillen. Was ich jedoch so gern gesagt hätte und nicht zu sagen wagte, kam auf eine sonderbare und liebliche Weise zur Sprache, als ich sie in die Kapelle führte, die ich schon damals zu einem wohnbaren Saal umgeschaffen hatte. Ich zeigte und erklärte ihr die Bilder, eins nach dem andern, und entwickelte dabei die Pflichten eines Pflegevaters auf eine so lebendige und herzliche Weise, daß ihr die Tränen in die Augen traten und ich mit meiner Bilderdeutung nicht zu Ende kommen konnte. Ich glaubte ihrer Neigung gewiß zu sein, ob ich gleich nicht stolz genug war, das Andenken ihres Mannes so schnell auslöschen zu wollen. Das Gesetz verpflichtet die Witwen zu einem Trauerjahre, und gewiß ist eine solche Epoche, die den Wechsel aller irdischen

Dinge in sich begreift, einem fühlenden Herzen nötig, um die schmerzlichen Eindrücke eines großen Verlustes zu mildern. Man sieht die Blumen welken und die Blätter fallen, aber man sieht auch Früchte reifen und neue Knospen keimen. Das Leben gehört den Lebendigen an, und wer lebt, muß auf Wechsel gefaßt sein.

Ich sprach nun mit meiner Mutter über die Angelegenheit, die mir so sehr am Herzen lag. Sie entdeckte mir darauf, wie schmerzlich Marien der Tod ihres Mannes gewesen und wie sie sich ganz allein durch den Gedanken, daß sie für das Kind leben müsse, wieder aufgerichtet habe. Meine Neigung war den Frauen nicht unbekannt geblieben, und schon hatte sich Marie an die Vorstellung gewöhnt, mit uns zu leben. Sie verweilte noch eine Zeitlang in der Nachbarschaft; dann zog sie zu uns herauf, und wir lebten noch eine Weile in dem frömmsten und glücklichsten Brautstande. Endlich verbanden wir uns. Jenes erste Gefühl, das uns zusammengeführt hatte, verlor sich nicht. Die Pflichten und Freuden des Pflegevaters und Vaters vereinigten sich; und so überschritt zwar unsere kleine Familie, indem sie sich vermehrte, ihr Vorbild an Zahl der Personen, aber die Tugenden jenes Musterbildes an Treue und Reinheit der Gesinnungen wurden von uns heilig bewahrt und geübt. Und so erhalten wir auch mit freundlicher Gewohnheit den äußern Schein, zu dem wir zufällig gelangt und der so gut zu unserm Innern paßt: denn ob wir gleich alle gute Fußgänger und rüstige Träger sind, so bleibt das lastbare Tier doch immer in unserer Gesellschaft, um eine oder die andere Bürde fortzubringen, wenn uns ein Geschäft oder Besuch durch diese Berge und Täler nötigt. Wie Ihr uns gestern angetroffen habt, so kennt uns die ganze Gegend, und wir sind stolz darauf, daß unser Wandel von der Art ist, um jenen heiligen Namen und Gestalten, zu deren Nachahmung wir uns bekennen, keine Schande zu machen.«

Karl August Böttiger
Aufwartung bei Frau von Staël

Ende Dezember 1803

Goethe war bei der Ankunft der Frau von Staël in Jena und entschuldigte sich auf ihre dringenden Einladungen mit Unpäßlichkeit. Nun sprach sie davon, selbst nach Jena zu fahren und ihn dort zu besuchen. Dies bewog ihn endlich, zu den Weihnachtsfeiertagen herüber zu kommen und der Dame Wunsch, ihn von Angesicht zu Angesicht zu sehen, zu gewähren. Allein ob er es gleich offenbar recht darauf angelegt hatte, liebenswürdig zu sein, so machte doch gleich sein höchst materielles Ansehen einen nachteiligen Eindruck auf die Frau, die sich immer einen höchstens etwas älter gewordenen Werther in ihm phantasiert hatte. Nach ihrer unbesiegbaren Offenheit sagte sie ihm bald zu Anfang ein Wort über seine Anhänglichkeit an Schelling und die Gebrüder Schlegel. Dies nahm er sehr übel und schien eine Zeitlang alle Berührung mit dieser ihm so wenig zusagenden Frau zu vermeiden. Frau von Staël merkte dies sehr wohl und erlaubte sich in diesem Fall, was sie sonst fast gar nicht tut, einige witzige Bemerkungen über ihn, z. B. »Il voudrait nous persuader, que la sensibilité soit passée de mode, parcequ'il n'en a plus«, oder: »lorsqu'il entre dans ma chambre, je cherche avant toute chose une chaise pour le mettre à son aise.«

Man sagt hier allgemein, sie habe ihm geraten, die natürliche Tochter nicht fortzusetzen und die Schlegel zu lassen, Goethe habe darauf geäußert: er sei über vierzig Jahre alt.

Goethe war oder hielt sich wenigstens eine Zeitlang für krank, war also für niemand zugänglich und hielt sich dadurch auch alle Besuche und Anmutungen der Frau von Staël und des Herzogs, der ihn gern mit der von ihm hoch fetierten und geehrten Frau zusammengebracht hätte, mehrere Tage vom Leibe. Frau von Staël wurde deshalb nicht müde, sich täglich nach seinem Befinden erkundigen zu lassen, ihm Billets zu schreiben, worin sie ihn zu Unterredungen einlud, und überhaupt alles zu tun, was ihm ihre Achtung beweisen konnte. Denn freilich wußte sie sehr gut, daß Goethe noch vor ihrer Ankunft ihre Delphine einmal bei einer Hoftafel mit einer ihm ganz ungewöhnlichen Lebhaftigkeit für ein Produkt erklärt habe, das dem Zeitalter Ehre mache, und daß er sich selbst die Anzeige dieses Meisterwerks in der Jenaischen Lit.-Zeitung vorbehalten habe.

Johann Peter Eckermann
Die Wiedergeburt der Sonne

Sonntag den 21. Dezember 1823.

Goethes gute Laune war heute wieder glänzend. Wir haben den kürzesten Tag erreicht, und die Hoffnung jetzt mit jeder Woche die Tage wieder bedeutend zunehmen zu sehen, scheint auf seine Stimmung den günstigsten Einfluß auszuüben. »Heute feiern wir die Wiedergeburt der Sonne!« rief er mir froh entgegen, als ich diesen Vormittag bei ihm eintrat. Ich höre, daß er jedes Jahr die Wochen vor dem kürzesten Tage in deprimierter Stimmung zu verbringen und zu verseufzen pflegt.

Jan Kollar
Weihnachtsfeier bei Georg Wilhelm Lorsbach

In Deutschland herrscht die Sitte, daß am Weihnachtsabend die Eltern den Kindern einen mit Bändern, Kerzen, Obst geschmückten Baum bescheren. Einst war auch Goethe am Weihnachtsabend zu dieser Familienfeier bei Professor Lorsbach geladen, welcher eine einzige, schon erwachsene Tochter hatte und für diese im Nebenzimmer einen solchen schönen Weihnachtsbaum mit Äpfeln und andern Geschenken vorbereitet hielt. In einem andern Zimmer wurde indessen musicirt, gesungen, Karten gespielt, mit Goethe gesprochen, aber dabei stahlen sich zwei schelmische Kumpane durch eine andere Thüre in das verschlossene Nebenzimmer, beraubten den Baum aller seiner Äpfel und Nüsse und kehrten, als wäre nichts geschehen, in die Gesellschaft zurück. Schlag 7 kam der Vater, die Tochter an seiner Seite führend, öffnete die Thür und lud die Gesellschaft zum Eintreten in jenes Zimmer mit dem Weihnachtsbaum ein. Wie stutzten und erstarrten alle, da der Baum kahl und leer mitten im Zimmer stand. Goethe blieb vor dem Baume mit auf der Brust verschränkten Händen sinnend stehen, und die ganze Gesellschaft wurde still und wartete, was Goethe dazu sagen würde. Der aber öffnete die Lippen und rief mit scherzhaft pathetischer Stimme:

»Eva, verziehen sei dir! es haben ja Söhne der Weisheit
Rein geplündert den Baum, welchen der Vater gepflanzt.«

Freudiges Händeklatschen, Lachen und Scherze ertönten allseits bei diesen witzigen Versen und verschönerten den ganzen Abend bis in die späte Nacht.

Weihnachten

Bäume leuchtend, Bäume blendend,
Überall das Süße spendend,
In dem Glanze sich bewegend,
Alt- und junges Herz erregend –
Solch ein Fest ist uns bescheret,
Mancher Gaben Schmuck verehret;
Staunend schaun wir auf und nieder,
Hin und her und immer wieder.

Aber, Fürst, wenn dir's begegnet,
Und ein Abend so dich segnet,
Daß als Lichter, daß als Flammen
Vor dir glänzten allzusammen
Alles, was du ausgerichtet,
Alle, die sich dir verpflichtet:
Mit erhöhten Geistesblicken
Fühltest herrliches Entzücken.

Marianne von Willemer an August von Goethe

Lieber August!
Ich danke Dir für die vortreffliche Besorgung meiner Commissionen und wünsche Dir von Herzen zu Deinem und meinem Geburtstage alles Gute und Erfreuliche, welches mein himmlischer Vater in vollem Maße Dir zuteilen möge.

Das Kistchen, was hoffentlich den Montag abend oder Dienstag morgen in Weimar anlangen wird, bitte ich Dich zu öffnen und die bewußten Pantoffeln nebst einem kleinen Bildchen, welches noch beigepackt, Deinem Vater am Christabend bei einigen Lichtern /: denn das Licht ist mein Element :/ in meinem Namen zu bescheren, und zugleich sind die Pfeffernüsse und Brenten für ihn bestimmt, denn ich weiß, daß er sie gerne ißt. Den Schinken und die Würste habe ich für Dich beipacken lassen, auch wünsche ich, daß Du Dir aus den glasierten Figuren wählst, was sich für Deinen Zustand paßt, das den Pantoffeln beigepackte Christkindchen aber ist Dir dediziert und eine allegorische [Anspielung] auf unsre Kindheit. Du bist nun freilich gewachsen, aber ich bin und bleibe klein, und wenn ich schon die übrige Zeit des Jahres groß bin, so werde ich jedes Christfest wieder zum Kinde. [...]

Doch hoffe ich Dir einen Beweis meiner Zuneigung dadurch zu geben, daß ich, da Du doch wahrscheinlich bald eine gute Frau bekommst, meinen Vater bitte, Deinen ersten Sohn mir so ähnlich als möglich zu schaffen. Ich grüße Dich und Deinen Vater.

Den 20. Xber 1816 Das Christkindchen

An ein Weihnachtskind

Daß Du zugleich mit dem heilgen Christ
An diesem Tage geboren bist,
Und August auch der werthe Schlancke,
Dafür ich Gott im Herzen dancke –
Dies giebt in tiefer Winterszeit
Erwünschteste Gelegenheit
Mit einigem Zucker Dich zu grüßen
Abwesenheit mit zu versüßen,
Der ich, wie sonst, in Sonnenferne
Im Stillen liebe, leide, lerne.

Schmausfeste

Es ist keine Jahreszeit, wo man sich nicht überall von Eßwaren umgeben sähe, und der Neapolitaner freut sich nicht allein des Essens, sondern er will auch, daß die Ware zum Verkauf schön aufgeputzt sei.

Bei Santa Lucia sind die Fische nach ihren Gattungen meist in reinlichen und artigen Körben, Krebse, Austern, Scheiden, kleine Muscheln, jedes besonders aufgetischt und mit grünen Blättern unterlegt. Die Läden von getrocknetem Obst und Hülsenfrüchten sind auf das mannigfaltigste herausgeputzt. Die ausgebreiteten Pomeranzen und Zitronen von allen Sorten, mit dazwischen hervorstechendem grünem Laub, dem Auge sehr erfreulich. Aber nirgends putzen sie mehr als bei den Fleischwaren, nach welchen das Auge des Volks besonders lüstern gerichtet ist, weil der Appetit durch periodisches Entbehren nur mehr gereizt wird.

In den Fleischbänken hängen die Teile der Ochsen, Kälber, Schöpse niemals aus, ohne daß neben dem Fett zugleich die Seite oder die Keule stark vergoldet sei. Es sind verschiedne Tage im Jahr, besonders die *Weihnachtsfeiertage*, als Schmausfeste berühmt; alsdann feiert man eine allgemeine Cocagna, wozu sich fünfhunderttausend Menschen das Wort gegeben haben. Dann ist aber auch die Straße Toledo und neben ihr mehrere Straßen und Plätze auf das appetitlichste verziert. Die Butiken, wo grüne Sachen verkauft werden, wo Rosinen, Melonen und Feigen aufgesetzt sind, erfreuen das Auge auf das allerangenehmste. Die Eßwaren hängen in Girlanden über die Straßen hinüber; große Paternoster von vergoldeten, mit roten Bändern geschnürten Würsten; welsche Hähne, welche alle eine rote Fahne unter dem Bürzel stecken haben. Man versicherte, daß deren dreißigtausend verkauft worden, ohne die zu rechnen, welche die Leute im Hause gemästet hatten. Außer diesem werden noch eine Menge Esel, mit grüner Ware, Kapaunen und jungen Lämmern beladen, durch die Stadt und über den Markt getrieben, und die Haufen Eier, welche man hier und da sieht, sind so groß, daß man sich ihrer niemals so viel beisammen gedacht hat. Und nicht genug, daß alles dieses verzehret wird: alle Jahre reitet ein Polizeidiener mit einem Trompeter durch die Stadt und verkündet auf allen Plätzen und Kreuzwegen, wieviel tausend Ochsen, Kälber, Lämmer, Schweine u. s. w. der Neapolitaner verzehrt habe. Das Volk höret aufmerksam zu, freut sich unmäßig über die großen Zahlen, und jeder erinnert sich des Anteils an diesem Genusse mit Vergnügen.

24. Nebenstehendes: *Herrn Staatsminister von* Hum-*boldt* nach Berlin. – Zur Naturwissenschaft. Manuscript arrangirt. Von Stein, der Enkel; verschiedenes übergeben, was der Vater von Breslau gebracht. Mittag zu dreyn. Las weiter in Hans von Schweinichen Leben. Gegen Abend Herr von Stein; Gespräch über den Prieborner Sandstein, ferner über die Masseler Blitzröhren. Abends große Weihnachtsbescheerung; ich blieb aber für mich. Späterhin die Kinder. Sodann mein Sohn; Gespräch über den Zustand des Bauwesens, besonders auch über russische Öfen.

An Wilhelm von Humboldt

Zaudern darf ich nicht, verehrter Freund, für die liebwerte Sendung zu danken; sie hat mir und dem wackern Riemer große Freude gemacht; mußten wir doch Ihr treffliches Heft übereinstimmend finden mit unserer Überzeugung, frisch aufklärend und weiter deutend, alles anregend was dem Sprechenden, das heißt: dem verständig vernünftigen Menschen nur Bedeutendes im Innern angehören mag und was sollte nicht noch alles davon zu rühmen sein. Lassen Sie mich nur noch folgendes herausheben: indem Sie die Sprache als Hülfsmittel gar trefflich anpreisen, geben Sie uns ferner zu bedenken, daß die Sprache, wenn sie auf einen gewissen Punkt gelangt, unveränderlich sei und von ihren anerkannten Mängeln nicht befreit werden könne; demohngeachtet aber in und aus sich selbst alles Menschliche, vom Tiefsten bis zum Höchsten, aussprechen, ausdrücken, bestimmen und erweitern könne und müsse.

Hierdurch haben Sie mir, mein Teuerster, einen Spiegel vorgehalten, worin ich am Ende meiner Laufbahn erkennen kann, was ich als Dichter und Schriftsteller geleistet habe und was ich hätte leisten sollen.

Hier sei geschlossen, damit wir uns nicht in die Flut wagen, die uns zu verschlingen droht. Bleiben Sie meiner aufrichtigsten Anhänglichkeit versichert und erhalten mir zugleich mit Ihrer Frau Gemahlin ein stetiges Andenken.

treulichst

Weimar den 24. Dezember 1821. Goethe.

Weihnachten in Neapel

Auf Antrieb Freund Hackerts, der sein Wohlwollen gegen mich steigert und mir alles Merkwürdige zur Kenntnis bringen möchte, führte uns Hamilton in sein geheimes Kunst- und Gerümpelgewölbe. Da sieht es denn ganz verwirrt aus; die Produkte aller Epochen zufällig durcheinander gestellt: Büsten, Torse, Vasen, Bronze, von sizilianischen Achaten allerlei Hauszierat, sogar ein Kapellchen, Geschnitztes, Gemaltes und was er nur zufällig zusammenkaufte. In einem langen Kasten an der Erde, dessen aufgebrochenen Deckel ich neugierig beiseiteschob, lagen zwei ganz herrliche Kandelaber von Bronze. Mit einem Wink machte ich Hackerten aufmerksam und lispelte ihm die Frage zu, ob diese nicht ganz denen in Portici ähnlich seien. Er winkte mir dagegen Stillschweigen; sie mochten sich freilich aus den pompejischen Grüften seitwärts hieher verloren haben. Wegen solcher und ähnlicher glücklicher Erwerbnisse mag der Ritter diese verborgenen Schätze nur wohl seinen vertrautesten Freunden sehen lassen.

Auffallend war mir ein aufrechtstehender, an der Vorderseite offener, inwendig schwarz angestrichener Kasten, von dem prächtigsten goldenen Rahmen eingefaßt. Der Raum groß genug, um eine stehende menschliche Figur aufzunehmen, und demgemäß erfuhren wir auch die Absicht. Der Kunst- und Mädchenfreund, nicht zufrieden, das schöne Gebild als bewegliche Statue zu sehen, wollte sich auch an ihr als an einem bunten, unnachahmbaren Gemälde ergötzen, und so hatte sie manchmal innerhalb dieses goldenen Rahmens, auf schwarzem Grund vielfarbig gekleidet, die antiken Gemälde von Pompeji und selbst neuere Meisterwerke nachgeahmt. Diese Epoche schien vorüber zu sein, auch war der Apparat schwer zu transportieren und ins rechte Licht zu setzen; uns konnte also ein solches Schauspiel nicht zuteil werden.

Hier ist der Ort, noch einer andern entschiedenen Liebhaberei der Neapolitaner überhaupt zu gedenken. Es sind die Krippchen (presepe), die man zu Weihnachten in allen Kirchen sieht, eigentlich die Anbetung der Hirten, Engel und Könige vorstellend, mehr oder weniger vollständig, reich und kostbar zusammen gruppiert. Diese Darstellung ist in dem heitern Neapel bis auf die flachen Hausdächer gestiegen; dort wird ein leichtes hüttenartiges Gerüste erbaut mit immergrünen Bäumen und Sträuchen aufgeschmückt Die Mutter Gottes, das Kind und die sämtlichen Umstehenden und Umschwebenden, kostbar ausgeputzt, auf welche Garderobe das Haus große Summen verwendet. Was aber das Ganze unnachahmlich verherrlicht, ist der Hintergrund, welcher den Vesuv mit seinen Umgebungen einfaßt.

Da mag man nun manchmal auch lebendige Figuren zwischen die Puppen mit eingemischt haben, und nach und nach ist eine der bedeutendsten Unterhaltungen hoher und reicher Familien geworden, zu ihrer Abendergötzung auch weltliche Bilder, sie mögen nun der Geschichte oder der Dichtkunst angehören, in ihren Palästen aufzuführen.

Darf ich mir eine Bemerkung erlauben, die freilich ein wohlbehandelter Gast nicht wagen sollte, so muß ich gestehen, daß mir unsere schöne Unterhaltende doch eigentlich als ein geistloses Wesen vorkommt, die wohl mit ihrer Gestalt bezahlen, aber durch keinen seelenvollen Ausdruck der Stimme, der Sprache sich geltend machen kann. Schon ihr Gesang ist nicht von zusagender Fülle.

Und so mag es sich auch am Ende mit jenen starren Bildern verhalten. Schöne Personen gibt's überall, tiefempfindende, zugleich mit günstigen Sprachorganen versehene viel seltener, am allerseltensten solche, wo zu allem diesen noch eine einnehmende Gestalt hinzutritt.

9. Sendung an Staatsrath Schultz vorgearbeitet, ingleichen an Knebel. Ferner vom Jahr 1809 einiges stilo continuo. Sodann Dr. Friedrich Roth über den Nutzen der Geschichte. Verschiedene Briefe theils concipirt, theils mundirt. Der junge Müller das Hasenporträt bringend. Rath Vulpius wegen Münzen. Mittag zu drey. Weihnachtskram. Abends in Campbells Ossian. Oberbaudirector Coudray. Neuste Bauereignisse, besonders Tiefurt, Cromsdorf und dergleichen. – H*errn General-Münzwardein* L*oos* nach Berlin.

14. Verschiedenes concipirt, mundirt. Herr Genast und Demoiselle Voß. Staatsminister von Fritsch wegen Ehrmannianis. Mittag zu dreyen. Abends Walther. Sodann Hofrath Meyer und Professor Riemer; letzterer die Weihnachtsgedichte vorgelesen. Nachts Christian Researches in the

Mediterranean. By William Jowett. – *Herrn von Knebel* nach Jena.

21. Zeichenlehrer Temmler wegen seines Sohns. Phaethon, Trauerspiel des Euripides, redigirt und mundirt. Der Prinz und Herr Soret. Brief und Sendung von Grafen Sternberg, auch von Redwitz. Mittag zu vieren. Fortgefahren an Phaethon. Kam mein Sohn von Jena und referirte. Professor Riemer die Weihnachtsgedichte bringend; die Überschriften berathend. Einiges vorlesend. Sodann über Phaethon gesprochen. Hofrath Meyer Nachricht von der Hoheit Reise, dem Kaiser zu begegnen.

24. Meteorologische Betrachtungen und Mittheilungen an Posselt. Einiges zur bessern Ordnung und Catalogirung der Münchner Zeichnungsnachbildungen. Briefe von Rochlitz und von Schreibers. Sonstiges vorbereitet. Absendung der Weihnachtsgedichte an Ihro Kaiserliche Hoheit. Anfang einer Recension des Trauerspiels Adelchi. Mittag zu fünfen. Berzelius neues System der Mineralogie. Voltaire Histoire de Jenny. Abends Christbescherung.

An Eugen Napoleon Neureuther

Es ist wohl eine eigne Aufgabe: in dem Augenblick da sich der Enkel seiner Weihnachtsgeschenke erfreut, dem Großvater ein ähnliches Vergnügen zu verschaffen. Sie aber, mein Theuerster, haben sie vollkommen gelöst, und es hätte mir nichts Angenehmeres zum heiligen Christ gebracht werden können als Ihre beiden Hefte.

Ich wünsche über die neue Kunstart, die Sie so geistreich entschieden behandeln, ein fortschreitendes Gedicht nämlich mit einem bewegten Bilde, als mit einer Melodie, zu begleiten, das Weitere zu sagen und besonders auszusprechen wie vollkommen sie Ihnen gelungen sey.

Gegenwärtiges aber soll Sie auch noch vor den eigentlichen Feyertagen schönstens begrüßen und Sie versichern daß ich, mit den Weimarischen Kunstfreunden, Ihre Arbeiten mit innigem Vergnügen, das sich bis zur Bewunderung erhebt, wiederholt anschaue.

Möge Ihnen alles nach Wunsch gelingen.

Aufrichtige theilnehmend

ergebenst

An Karl von Knebel

Zum neuen Jahre schönstens Glück wünschend, übersende hiebei ein Bildnis, dem Du manchmal einen freundlichen Blick gönnen mögest. Ein gleiches lege für Herrn Prof. Göttling bei, den ich schönstens zu grüßen und für seine Zuschrift des Aristoteles zu danken bitte. Er verzeihe, wenn ich nicht selbst schrieb, denn was ich senden wollte, ist mir noch nicht zur Hand gekommen. Ich suche einen Brief von Schiller, worin derselbe die Integrität, Einheit und Vollendung der Aristotelischen Poetik auf gleiche Weise ausspricht, wie Herr Göttling der Politik. Wenn er herüberkommt, möge er mich ja besuchen; es freut mich sehr, daß neuere Begünstigungen ihn uns auch für die Folge erhalten.

Möge das nächste Jahr uns beiden und den Unsrigen günstig sein. Mir kann es nicht an Unterhaltung fehlen, denn ich sehe für die nächsten dreihundertundfünfundsechzig Tage genug zu tun. Auch Du hast Dir so viel Interesse erhalten, daß es Dir weder tags noch nachts fehlen kann.

Meine Korrespondenz mit Schiller, die nun fast beisammen ist, hat mir Unterhaltung und Belehrung gegeben; sie endigt 1805, und wenn man denkt, daß 1806 die Invasion der Franzosen eintrat, so sieht man beim ersten Anblick, daß sie eine Epoche abschließt, von der uns kaum eine Erinnerung übrigbleibt. Jene Weise sich zu bilden, die sich aus der langen Friedens-Epoche des Nordens entwickelte und immerfort steigerte, ward gewaltsam unterbrochen, alles von Jugend und Kindheit auf ward genötigt sich anders zu bilden, da es denn auch in einer tumultuarischen Zeit an Verbildung nicht fehlte. Desto reiner steht jenes Zeugnis einer Epoche da, die vorüber ist, nicht wiederkommt und dennoch bis auf den heutigen Tag fortwirkt und nicht über Deutschland allein mächtig lebendigen Einfluß offenbart. Vergnügen wir uns, daß wir daran Teil nahmen und noch immer sind, was und wie wir waren, und daß unsere Freundschaft sich auch ebenso dauerhaft bewährte. Und also wiederholt: Möge das nächste Jahr uns abermals günstig sein!

In ebendiesem Sinne erhalt ich eben einen köstlichen Brief von Klinger. Er zeigt sich noch immer so streng und brav als vor funfzig Jahren. Das Blatt ist vor dem großen Unglück geschrieben, das auch ihn betroffen, da sein Haus eine Ecke dicht am Kanal bildet und auf diese Weise der Wut des Sturms und des Wassers doppelt ausgesetzt war, wie mir Gräfin Caroline meldet, die, nach dem höchst verständigen und liebenswürdigen Geiste, der sie bewohnt, mir das Merkwürdigste im allgemeinen und besondern über dieses Ereignis geschrieben hat.

Leider setzen die gewaltsamen Stürme, wovon Du auch wohl die Nächte her gelitten hast, die Menschen in Furcht, wozu seltsame Weissagungen noch hinzutreten. Möge diese bängliche Epoche bald vorübergehen.

treulichst

Weimar den 24. Dezember 1824. G.

20. Den Aufsatz über die Vereinigten Staaten weiter gelesen. Kamen die gewöhnlichen Weihnachtsgeschenke an Papier u. s. von Großherzoglicher Staats- Canzley. Bedeutendes Porträt, wahrscheinlich Peter der Große, vielleicht bey seinem Aufenthalt in Holland gemalt. Mittag Dr. Eckermann. Landpriester von Wakefield, mit Erinnerung an die frühsten Eindrücke. Wirkungen von Sterne und Goldsmith. Der hohe ironische Humor beyder, jener sich zum Formlosen hinneigend, dieser in der strengsten Form sich frey bewegend. Nachher machte man den Deutschen glauben, das Formlose sey das Humoristische.

An Johann Jacob und Marianne von Willemer

[...] Für die herkömmliche Freundlichkeit der musterhaften Distelköpfe habe vor allen Dingen Dank zu sagen; sie kamen, so wie wohlgemeynt, auch gerade zur rechten Zeit, und die lieben Gäste wußten nicht was sie von meiner vortrefflichen Gartenkunst denken sollten, so füll auch gesellige Gläser, zwar haushältisch, aber mit besten willen, von jenen freundlichen Frankfurter Geschenk, welches sich nicht weniger so wohl in den Thüringer Hügelgebirgen auszeichnet.

Und so erreichen wir wieder Weihnachten und Neujahr, dem alten Schlendrian des Kalenders nach, aber, wie mir dünken will, mit immer gleich neuen und frischen Freundesgesinnungen, die denn doch zuletzt allein das Leben erhalten und fördern.

Die Meinungen sind wohl und thun mir wohl, indem sie sich, mit eigenen Charakteren und Tendenzen, an mich anschließen und, von mir gewinnend, auch mir zur Förderung und Gewinn dienen.

Fried' und Freude allen Wohl-
wollenden, besonders den
Nahen Verbundenen!
Und so fortan!

J. W. v. Goethe.

Weimar den 6. December 1831.

23. Oberaufsichtliche Angelegenheiten. Um 12 Uhr der Prinz. Die Kinder zeigten ihre Weihnachten und Walther seine Taschenspielerkünste vor. Mittag Dr. Eckermann. Die Behandlung der Briefe und anderer Hülfsmittel wurden näher bestimmt. Nachher für mich die römische Sendung näher betrachtend. Ein Kistchen von Mayland eröffnet, den Inhalt gesondert. Abends bey Zeiten Ottilie, mancherley Städtisches und Weltliches mittheilend. Kamen die Kinder von einer nächtlichen Eisfahrt mit Pechfackeln. Walther besonders höchst vergnügt, welches bei einem unerfreulichen Spaße man ihm gern gönnen mußte.

[...]

24. Nebenstehendes: H*errn* P*rofessor* Riemer, Anzeige der Carlsbader Suitensammlung. H*errn* H*ofrath* V*oigt*, wegen einer anzukaufenden Treppe. A*n* P*ro*-

fessor Göttling autorisirte Zettel. An *Museumsschreiber Färber* deßgleichen. – Von Raumers dreyßigjähriger Krieg. Aufsatz für Carlsbad. Ottilie wegen der Christgeschenke. Mittag Hofrath Vogel. Theils ärztlich-praktische, theils psychologisch-sittliche Betrachtungen. Die neusten Kupferstiche und Radirungen durchgesehen. Sonstiges zur Berliner Sendung nachgebracht. Die Familie war zu Frau von Pogwisch, wo der heilige Christ aufgestellt war. Ich las in den Raumerischen höchst merkwürdigen Excerpten in Paris.

25. Früh die Kinder, zufrieden mit ihren Weihnachtsgeschenken. Dictirte mehrere Briefconcepte und sonstiges Geschäftsmäßige. Ein Schreiben vom jungen Seebeck, des Vaters Tod verkündend, kam an. Neue Einrichtung der Küche und des Mittagessens. Die Familie speiste im Deckenzimmer; ich blieb für mich. Fortgelesen an von Raumers historischen Briefen. Abends Hofrath Meyer. Da wir denn unsre Lectüre fortsetzten. Später Ottilie gleichfalls.

Franz Woltreck
Ein Weihnachtsabend bei Ottilie v. Goethe

Weimar, am 25. Dezember 1838.

Lieber, guter Freund!*
Sie werden sich denken können, daß ich vorgestern am heiligen Weihnachtsabend besonders Ihrer aller gedacht, wie gerne hätte ich nicht die Bescherung mit arrangiren helfen und die Lichterchen anzünden! Ist die Auffstellung der schönen Sachen ohne Differenzen mit der Äbtissin abgegangen? Bitte schreiben Sie mir doch darüber nach München, adressirt an Frau v. Byarowsky, Legationsrathswittwe, Karlsstraße 42.

Ich habe den hl. Weihnachtsabend hier bei Frau v. Goethe sehr angenehm verlebt, wo ich 3 enorm große Zuckerbäume mit anputzen und die übrigen zum Bescheren bestimmten Sachen mitarrangiren half. Eine so reiche Menge von Geschenken habe

* An den Geheimen Kabinettsrat von Berenhorst in Dessau

ich nie an einem Weihnachtsabend in einem Hause beisammen gesehen. Und wie interessant war es hier! Urgroßmutter, Großmutter, Mutter und die schon erwachsenen Urenkel vereint zu finden! Die Bescherung war in dem klassischen Hause des alten Goethe, und welche liebe Stimmung herrschte! Wie freundlich war man gegen alle Fremde! Engländer, Russen und Deutsche waren da, jeder wurde durch ein für ihn passendes Geschenk von Frau v. Goethe erfreut. Wie herrlich gedacht, daß an diesem Tage jeder Fremde, welcher in Weimar weilt und Goethes Haus kennt, nicht ohne Freude sein sollte, wie schön, o großer guter Geist Goethe, der du so lieblich für alle dachtest! Dank Dir und der Familie, welche solche so treu forthält!

Nachdem die Wachsstöcke von zwei Zuckerbäumen niedergebrannt waren, wurden in Frau v. Goethes Wohnstube mehrere kleine Tische zum Souper arrangirt; mich fesselte im langen Saal die schöne Beleuchtung, durch einen Weihnachtsbaum mit großen Wachskerzen, des kolossalen Junokopfes aus der Villa Ludovisi, des großen Kopfes der Minerva aus Belletri und des großen Jupiterkopfes aus dem Vatican. Die Beleuchtung dieser

Köpfe war prachtvoll, ich machte den Kanzler v. Müller darauf aufmerksam und führte ihn an der rechten Stelle, wo der kunstliebende Mann meine Freude theilte. Wir blieben im Anschauen dieser hohen edlen antiken Formen, bis der Engel auf dem Zuckerbaum in Flammen aufging, und nun die meisten Lichter ausgelöscht wurden. Die Tische waren arrangirt, die Gesellschaft begann sich zu setzen, ich suchte einen Platz neben dem lieben Eckermann, an demselben Tisch war noch Frl. Seidler, die Malerin, der Baron v. Sternberg und ein Engländer; an einigen Tischen fehlten die Herren. »Aber wie schwarz sieht der hintere Tisch aus, nichts als Herren«, rief Frau v. Goethe. Es war der unsrige. Wir verhielten uns ganz ruhig, sie kam, dies bemerkend, näher und sagte: »Welche Schande für die Deutschen, stets so ungalant für Damen!« Ich verleugnete in diesem Augenblick Deutscher zu sein, um bei meinem lieben Eckermann bleiben zu können. Allein es half nichts, ich mußte am Ende doch die Ehre der Deutschen retten und setzte mich zu Frau v. Goethe, Frau von Pochwitz. Fräulein Ulrike kam mir zur Seite und brachte Linsen, damit ich das ganze Jahr Geld hätte – bitte sagen Sie doch ja dieses unseren allergnädigsten Herrschaften, damit es mir nimmer fehlt. Wir waren sehr heiter, die jungen Herren v. Goethe machten die Bedienung mit einer Liebenswürdigkeit, die man wohl nicht genug rühmen kann. Wie die Gesellschaft sich entfernte, half ich Fräulein Ulrike ihren hl. Christ zusammenpacken (welchen ich auch aufgestellt hatte) und ging dann nachhause um Mitternacht. Frau v. Goethe hatte mir vom Weihnachtsmann die Gespräche von Eckermann mit Goethe bescheren lassen, worüber ich große Freude hatte, es ist jetzt meine Lieblingslektüre. Früh und abend, wie viel kann jeder gebildete Mensch daraus lernen. Sollten Sie es nicht kennen, so bitte ich es zu lesen, Sie werden großes Interesse finden.

Bei der großen Weihnachtsbescherung waren keine Rococo-Sachen, ich bezeugte Frau v. Pochwitz meine Freude darüber, worauf sie mir erwiderte: »Sie werden in unserem Hause dergleichen schlechten Geschmack, welcher nachtheilig für die wahre, hohe, edle Kunst ist, nie sehen.«

In der That ahnen viele nicht die Gefahr und den bevorstehenden Untergang in der Kunst, was Männer wie Canova, David, Thorwaldsen, Schinkel,

Rauch u. a. m. wieder aus dem Chaos der Verdorbenheit hervorriefen.) Wenn sich doch nicht die Deutschen am Gängelbande der Pariser Mode wollten herumführen lassen und immer klassisch und tüchtig bleiben! Welche Ehre vor der übrigen Welt! Es ist wirklich jedes redlichen Künstlers wahre Pflicht, dies stets und vor jedermann auszusprechen; denn es gibt gar zu viele Schwache darunter, welche sich von der Mode und um ihren Herren zu gefallen, hinreißen lassen und, um liebes Kind zu werden, alles Schöne mit Füßen treten, anstatt ihren Fürsten auf das wahrhaft Schöne und Rechte aufmerksam zu machen, wenn dieser nicht einen guten Geschmack in der Kunst hat ... Also wache und strebe ein Jeder für das wahrhaft Gute und Schöne.

In Dankbarkeit Ihr getreuer

Franz Woltreck.

Quellenverzeichnis

Die mit einem Stern (*) bezeichneten Titel stammen vom Herausgeber.

Christgeschenk. In: Goethes Werke. Hamburger Ausgabe in 14 Bänden. Hrsg. v. Erich Trunz. Bd. 1. München 1981.

An Johann Christian Kestner. In: Goethes Briefe und Briefe an Goethe. Hamburger Ausgabe in 6 Bänden. Hrsg. v. Karl Robert Mandelkow. Bd. 1, 1764–1786. München 4. Aufl. 1988.

An Friedrich Constantin von Stein. In: Goethes Werke. Sophien-Ausgabe. Hrsg. im Auftrag der Großherzogin Sophie von Sachsen. IV. Abt. Goethes Briefe. Weimar 1887–1912.

Bei Johann Michael Stock. In: Goethes Gespräche. Bd. 1, 1765–1768. Hrsg. v. Woldemar Freiherr von Biedermann. Leipzig 1889–1896.

Epiphanias. In: Goethes Werke. Hamburger Ausgabe. Bd. 1. München 1981.

»Einen heiligen Christ vor deine Kinder.«* In: Wilhelm Meisters theatralische Sendung. In: Goethes Werke. Hamburger Ausgabe. Bd. 8. München 1981.

Das Puppentheater.* In: Goethes Werke. Hamburger Ausgabe. Bd. 7. München 1981.

An Friedrich Wilhelm Heinrich von Trebra. In: Goethes Werke. Sophien-Ausgabe. IV. Abt. Goethes Briefe. Bd. 22, 1811. Weimar 1887–1912.

Daß sie nicht eher kommen als Weihnachtsabend.* In: Die Leiden des jungen Werther. In: Goethes Werke. Hamburger Ausgabe. Bd. 6. München 1981.

Am Dreikönigsfest.* In: Italienische Reise. In: Goethes Werke. Hamburger Ausgabe. Bd. 11. München 1981.

Die zweite Flucht nach Ägypten.* In: Wilhelm Meisters Wanderjahre. In: Goethes Werke. Hamburger Ausgabe. Bd. 8. München 1981.

Karl August Böttiger: Aufwartung bei Frau von Stael.* In: Sämtliche Werke. Frankfurter Ausgabe. II. Abt. Briefe, Tagebücher und Gespräche. Bd. 5. Frankfurt/M. 1999.

Johann Peter Eckermann: Die Wiedergeburt der Sonne.* In: Johann Peter Eckermann, Gespräche mit Goethe in den letzten Jahren seines Lebens. Hrsg. v. Otto Schönberger. Stuttgart 1998.

Jan Kollar: Weihnachtsfeier bei Georg Wilhelm Lorsbach. In: Goethes Gespräche. Hrsg. v. Woldemar Freiherr von Biedermann. Bd. 8, 1815. Leipzig 1889–1896.

Weihnachten. In: Goethes Werke. Hamburger Ausgabe. Bd. 1. München 1981.

Marianne von Willemer an August von Goethe. In: Goethes Briefwechsel mit Marianne von Willemer. Hrsg. v. Max Hecker. Leipzig 1922.

An ein Weihnachtskind.* In: Sämtliche Werke. Frankfurter Ausgabe. II. Abt. Briefe, Tagebücher und Gespräche. Bd. 7. Frankfurt/M. 1999.

Schmausfeste.* In: Italienische Reise. In: Goethes Werke. Hamburger Ausgabe. Bd. 11. München 1981.

Dezember 1821. In: Goethes Werke. Sophien-Ausgabe. III. Abt. Goethes Tagebücher. Bd. 8, 1821. Weimar 1887–1919.

An Wilhelm von Humboldt. In: Goethes Briefe und Briefe an Goethe. Hamburger Ausgabe. Bd. 4, 1821–1832. München 3. Aufl. 1988.

Weihnachten in Neapel.* In: Italienische Reise. In: Goethes Werke. Hamburger Ausgabe. Bd. 11. München 1981.

Dezember 1822. In: Goethes Werke. Sophien-Ausgabe. III. Abt. Goethes Tagebücher. Bd. 8, 1822. Weimar 1887–1919.

An Eugen Napoleon Neureuther. In: Goethes Werke. Sophien-Ausgabe. IV. Abt. Goethes Briefe. Bd. 48, 1830. Weimar 1887–1912.

An Karl von Knebel. In: Goethes Briefe und Briefe an Goethe. Hamburger Ausgabe. Bd. 4, 1821–1832. München 3. Aufl. 1988.

Dezember 1829. In: Goethes Werke. Sophien-Ausgabe. III. Abt. Goethes Tagebücher. Bd. 12, 1829. Weimar 1887–1919.

Dezember 1831. In: Goethes Werke. Sophien-Ausgabe. III. Abt. Goethes Tagebücher. Bd. 13, 1831. Weimar 1887–1919.

Franz Woltreck: Ein Weihnachtsabend bei Ottilie von Goethe.* In: Jahrbuch der Goethe-Gesellschaft. Bd. 15. Weimar 1929.

Weihnachten mit Fallada

Herausgegeben von Jens Dittmar
140 Seiten, gebunden
ISBN 3-351-02904-7

Kein deutscher Schriftsteller hat die Bedeutung von Weihnachten besser verstanden als Hans Fallada. Seine schönsten Weihnachtsgeschichten sowie zahlreiche, bisher kaum bekannte autobiographische Notizen zum Feiertag sind in diesem Band versammelt: Sein Weihnachten, das er in vielen Werken beschrieb, ist ein Fest des Lachens und der Magie. Für ein paar Momente verschwinden die Sorgen des Alltags. Mit Liebe und ein paar Groschen lassen die Erwachsenen Kinderherzen höher schlagen, und selbst den ewigen Pechvögeln winkt am Ende das Glück.